KB013306

이형석 퓨전 판타지 장편소설

WISHBOOKS FUSION FANTASY STORY

스킬의 제왕

스킬의 왕 제왕 9

이형석 퓨전 판타지 장편소설

초판 1쇄 찍은 날 | 2018년 4월 19일
초판 1쇄 펴낸 날 | 2018년 4월 26일

지은이 | 이형석
펴낸이 | 예경원

기획 | 위시북스
편집책임 | 이규재
편집 | 이즈플러스

펴낸곳 | 예원북스
등록번호 | 제396-2012-000132호
등록일자 | 2012. 7. 25
KFN | 제1-249호

주소 | 경기도 고양시 일산동구 호수로 646-24 위너스21 II 빌딩 206A호 (우)10401
전화 | 031-819-9431 팩스 | 031-817-9432
E-mail | yewonbooks@naver.com

ISBN 979-11-6098-911-3 04810
　　　979-11-6098-466-8 (set)

이형석 퓨전 판타지 장편소설
WISHBOOKS FUSION FANTASY STORY
스킬의 제왕
9
Wish Books

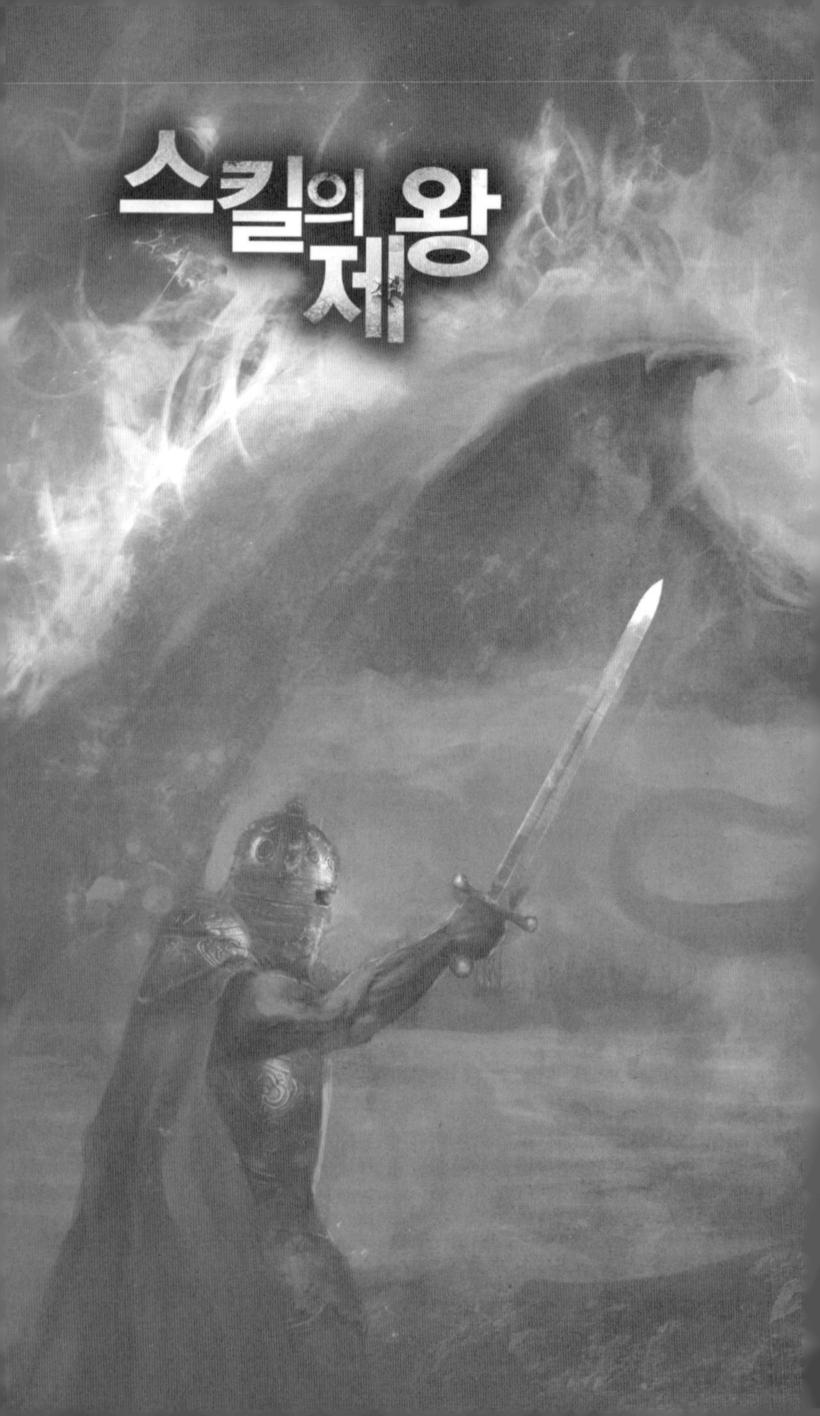
스킬의 제왕

CONTENTS

71장
에레보르 공략

사아악……!!!

스가가가각……!!!

수백의 레이스가 엔더러스를 향해 날아들었다.

[크르르르…….]

다리의 마비가 풀린 듯 서서히 몸을 일으키는 골렘은 자신에게 덤비는 유령을 귀찮은 듯 이리저리 팔을 저으며 막으려 했다.

[확실히 물리 공격에 국한되어 있는 골렘이 사념체인 저 녀석들을 떼어내는 건 쉽지 않은 일이겠군.]

벌 떼처럼 달라붙는 레이스를 보는 쿤겐이 혀를 차며 말했다.

[시간은 걸리겠지만, 확실히 야금야금 대미지를 준다면 등급이 낮더라도 숫자로 밀어붙일 수 있다는 말이군. 어쩐지 너

와 어울리지 않는 방법인 것 같다만 확실히 효과는 있겠어.]

랭크와 수.

그걸 항상 뒤집는 게 쿤겐이 아는 강무열이란 인간이었기 때문이었다.

"물론, 저걸로 녀석을 잡을 수 있다면 좋겠지만, 불가능하겠지."

김인호의 사령 군단과 무열의 레이스의 결정적인 차이는 수에 있었다.

'그가 부린 사령체의 숫자는 무려 3천이었다. 누구도 섣불리 싸우기를 꺼려 했던 엔더러스를 상대로 3천의 죽지 않는 사령체로 3일 밤낮을 싸웠다.'

쿤겐이 말한 방식은 바로 그가 사용했던 방법이었다.

'영혼 착취로 생성되는 사령체는 모두 독성을 지니고 있다. 골렘에게 대미지를 입히는 것과 함께 독으로 조금씩 녀석의 몸을 부식시켰지.'

결국 삼 일째가 되던 밤.

엔더러스의 작동이 멈추고 녹이 슨 몸은 움직이지 못하게 되었다.

'어떻게 생각하면 참으로 무식한 방법이 아닐 수 없으나, 삼 일 동안 3천의 사령체를 유지하는 엄청난 정신력이 없다면 불가능한 일이었다.'

그러나 비록 강화가 되었다고는 하지만 그가 만들어낸 레이스의 수는 몇백에 불과했다.

지금 그의 암흑력으로 수천의 언데드를 만드는 것이 불가능한 것은 아니다.

'문제는 홀의 크기. 이 안에 그렇게 많은 레이스를 소환하게 되면 오히려 던전이 붕괴될 수도 있다.'

게다가 그에겐 고작 골렘 하나를 잡기 위해서 며칠씩이나 기다릴 수 있는 여유도 없었다.

차르릉……!!

무열은 가볍게 뛰어올라 조금 전 위로 던졌던 마법검을 벽에서 뽑았다.

"네 말대로다. 이런 식으로 싸우는 건 내 방식이 아니지. 게다가 이렇게 마냥 기다릴 생각도 없고."

[그럼?]

"레이스는 시간 벌기용. 결정적인 건 내 손으로 끝내야겠지."

우우웅…….

무열은 반대쪽 손에 얼음발톱을 소환했다. 차가운 에테랄의 냉기가 검날에 스며들고 반대로 마법검엔 뜨거운 화진검(火眞劍)의 불꽃이 피어올랐다.

[현신(現神)의 망토가 발동되었습니다.]

순간, 그의 눈동자가 푸르게 변했다.

[지속 시간 : 3분]

등 뒤로 보이는 두 개의 형상.

쿤겐과 에테랄을 동시에 소환한 무열은 망설임 없이 엔더러스를 향해 달려갔다.

콰앙-!!

바닥이 움푹 들어갔다. 대포를 쏜 것 같은 굉음과 함께 무열의 몸이 공중으로 솟구쳤다.

퍼엉……!! 펑! 펑!!

공중에 떠 있는 레이스를 발판 삼아 밟고 지그재그로 공중을 달리자, 그의 힘을 이기지 못한 듯 레이스들이 새하얀 연기를 내며 터져 나갔다.

일순간 날카로운 바람을 꿰뚫는 소리와 함께, 무열이 들고 있는 두 자루의 검을 서로 교차시켰다.

콰드드드득……!!!

한쪽에는 화염, 다른 쪽에는 냉기가 서린 검날이 닿는 순간 상극인 두 개의 힘이 상충하며 날카로운 폭음을 만들어냈다.

그러나 현신한 에테랄의 힘을 머금은 냉기가 무열의 화염을 잡아먹을 듯 새하얀 수증기를 내며 공간을 뒤덮었다.

무열은 그것을 바라보며 말했다.

'쿤겐, 네 힘을 화진검에 집중시켜라. 네가 가진 모든 열기를 집어넣는 거다.'

[도대체 무슨 생각인지 알 수가 없군.]

그렇게 말하면서도 쿤겐은 자신이 가진 속성 중 오직 불꽃만을 뽑아 그의 마법검에 주입했다.

부르르르.

그러자 조금 전까지 밀렸던 화염이 에테랄의 냉기를 밀어내며 균형을 일궈냈다.

그 순간, 무열이 있는 힘껏 검을 베었다.

백색기검(百色氣劍) 5식(式).

얼음과 불의 힘 안에 마력과 암흑력이 주입되며 검날의 색이 변했다. 지금까지 단 한 번도 네 개의 힘을 동시에 쓴 적 없는 무열이었기에 그조차도 버거운 듯 검이 떨렸다.

'조금 더……'

하지만 무열은 양팔을 벌려 검의 기운을 갈무리하며 엔더러스를 향해 뛰어올랐다.

승부는 지금.

엔더러스가 있는 힘껏 팔을 휘젓자 그의 주먹에 레이스들이 사정없이 터져 나갔다. 소환된 레이스가 하나둘 골렘의 주먹에 사라지는 것을 보며 그는 더욱더 힘을 끌어올렸다.

[크오오오오오······!!!]

실체가 없다고는 하지만 레이스는 녀석의 풍압조차 견뎌내기에 버거웠다.

하지만 그것만으로도 목적은 달성했다.

망토의 사용 시간인 3분. 그 3분을 만들기 위해서 유령들을 소환한 것이니까.

주어진 시간을 끝의 끝까지 아슬아슬하게 사용하며 무열은 두 자루의 검에 극한까지 힘을 몰아넣었다.

번쩍.

달려가는 무열의 발걸음 뒤로 빛이 뿜어져 나왔다.

섬격(殲擊) - 빙화(氷火).

마력과 암흑력을 교차시키며 발생하는 폭발적인 검격(劍擊).

그 안에 냉기와 화염이 섞여 엔더러스의 가슴에 직격했다.

콰아아아앙---!!!!

엄청난 굉음과 함께 드워프 굴 전체가 흔들렸다. 홀 안을 가득 채웠던 레이스가 무열의 일격에 연기처럼 흩어졌다.

쿵-

쇠붙이가 떨어지는 것 같은 육중한 소리가 들렸다. 엔더러스의 몸을 관통하고서 수십 미터를 질주한 무열이 그 힘을 버티지 못하고 무릎을 꿇으며 숨을 토해냈다.

츠으으······.

갑옷이 완성되지 않았던 엔더러스의 한쪽 어깨가 차가운 냉기와 뜨거운 열기에 팽창하며 관절 부분이 부서져 팔이 바닥에 떨어졌다.

수증기가 서서히 걷히자 마치 거미줄처럼 수십 갈래로 얼어붙은 얼음이 골렘의 전신을 휘감고 있었다. 신기하게 얼음 위에 붙은 화염은 꺼지지 않고 여전히 불타며 녀석의 단단한 육체를 점차 갈라지게 하고 있었다.

"후우……."

무열 자신도 그 힘을 모두 흡수하지 못해 검을 쥔 양손엔 화상과 동상을 동시에 입은 듯한 상처가 났고, 그곳에서 붉은 피가 주르륵 흘러내렸다.

'아직은 조금 무린가.'

정령술을 익혔기 때문에 정령왕의 힘과 함께 다른 힘을 합칠 수 있을 거라고 생각했으나 역시나 쉬운 일은 아니었다.

하지만 그 결과는 만족스러웠다. 비록 완성된 것은 아니라지만 이강호의 제자들도 이기지 못했던 골렘이지 않은가.

스르릉.

무열은 바닥에 떨어진 검을 쥐고서 부서진 골렘을 향해 걸어갔다.

"자, 잠깐---!!"

그때였다. 다급한 목소리가 들렸다.

벽면으로 둘러싸여 있던 공간에 감춰져 있던 던전의 비밀 문이 열리며 짧은 다리로 허둥지둥 드워프 하나가 달려왔다.

무열은 익숙한 그 얼굴을 바라보며 피식 웃었다. 자신의 예상대로 그가 이곳에 있었다.

'트로비욘 뮤르.'

이 정도 규모의 굴과 골렘을 만들 수 있는 드워프는 그밖에 없다는 걸 알고 있었다.

하지만 정작 이런 말도 안 되는 던전을 만든 장본인은 무열은 안중에도 없다는 듯 부서진 골렘을 살피느라 정신이 없었다.

"그만, 그만. 자네 실력은 충분히 알았네. 하지만 이 이상은 하지 말아주게."

드워프의 만류에도 불구하고 무열은 그의 말을 무시하며 엔더러스의 머리 위로 올라갔다.

"아, 안 돼!! 그것만은 부수지 말아주게. 부탁일세!! 그게 없으면 더 이상 골렘을 만들 수 없어!"

"그래서?"

"……뭐?"

무열은 트로비욘을 바라보며 차가운 목소리로 말했다. 냉담한 그의 반응에 드워프가 당황했다.

천천히 고개를 들자 트로비욘의 옆으로 다가온 카토 치츠카가 눈에 들어왔다.

"오랜만이군."

"그래, 오랜만이야."

"북부에 이상한 소식이 들리던데. 역시 네놈이었나. 여전히 별난 짓을 하고 있군. 잘난 척 떠들더니 드워프의 수하라도 된 건가?"

그의 말에 카토 치츠카의 눈썹이 씰룩거렸다.

"듣기 좋은 소리는 아니지만 동료라고 해야겠지. 네가 모르는 것이 있다. 진실을 알게 되면 지금 같은 말은 하지 못할 거다."

"개소리."

카토 치츠카는 무열의 검이 부서진 엔더러스의 코어인 핵을 겨누고 있는 걸 보며 화를 삭이듯 잠시 말을 멈추고는 말했다.

"솔직히 네가 여길 찾을 거라고 예상하지 못했다. 하지만 그 검을 보고 트로비욘이 말했지. 드워프의 작품이라더군."

카토 치츠카가 검의 여행자를 가리켰다.

"우리는 아무래도 인연이 있나 보군. 안 그래?"

"그래서 날 시험했다?"

"……뭐?"

무열은 두 사람이 온 비밀 문을 가리키며 말했다.

"드워프가 만든 인위적인 던전. 네 녀석은 어디선가 날 지켜보고 있었겠지. 그렇지 않으면 이렇게 타이밍 좋게 나오지 못했을 테니까."

"……."

그의 말에 카토 치츠카의 안색이 굳어졌다.

"무엇을 살펴보려고 했지? 내 힘? 네 동료가 될 수 있을지 없을지? 아니면……."

무열은 차갑게 말했다.

"내가 죽기를 바라고 있었나."

"절대 그런 게 아니다."

"그럼? 네가 말하는 그 놀라 자빠질 진실이란 게 뭔데?"

카토 치츠카는 심각한 표정으로 무열에게 말했다.

"권좌에 오르는 것이 끝이 아니다."

"……."

침묵하는 무열의 모습에 그는 고개를 끄덕였다.

"무슨 말인지 이해가 되지 않겠지. 그래, 놀란 것도 안다. 나 역시 트로비욘을 만나지 않았으면 모를 일이었으니까. 운이 좋았다고 해야겠지."

그의 말에 무열을 냉소를 지었다.

"운이 좋았다?"

그때였다.

콰드드드득---!!!!

무열이 엔더러스의 이마에 박힌 보석을 향해 있는 힘껏 검을 박아 넣었다.

"……!!!"

산산조각이 나는 보석.

[크르르르르르……!!!!]

마치.

심장이 부서진 것처럼 엔더러스는 알 수 없는 비명을 지르며 고통스럽게 발버둥 쳤다. 그러나 머리밖에 남지 않은 녀석이 할 수 있는 것이라곤 아무것도 없었다.

"안 돼!!!"

트로비욘 뮤르는 가루가 되어 흩날리는 녹빛의 보석을 바라보며 비명을 질렀다.

"이게 무슨 짓이야!! 내가 분명 방금……!"

카토 치츠카는 자신의 말을 끝까지 듣지 않고 보석을 부순 무열을 향해 소리쳤다.

아니, 소리치려 했다. 그러나 무열의 얼굴을 본 순간 그는 더 이상 말을 잇지 못했다.

"닥쳐."

차가운 일갈.

결코 목소리를 높이지 않았음에도 불구하고 무열의 말은 홀 전체에 울리는 것 같았다.

"너야말로 하나도 모르는군. 너는 저 난쟁이에게 빌붙어 목숨을 구걸할 생각이냐. 머리가 좋은 줄 알았더니 그 누구보다 멍청하구나, 카토 치츠카."

"……뭐?"

무열은 부서진 보석에서 검을 뽑았다.

저벅- 저벅- 저벅-

녹아내리듯 사라지는 골렘의 사체를 넘어 그가 카토 치츠카의 앞에 섰다. 두 사람의 시선이 교차된다.

화악-

무열은 그의 멱살을 잡아당겼다.

"오빠!!"

카토 유우나가 그 모습에 황급히 검을 뽑으며 소리쳤지만 치츠카는 오히려 그런 그녀를 말렸다.

"너야말로 제대로 알아둬라."

무열은 한 글자, 한 글자에 힘을 주어 귀에 새기듯 말했다.

"인간의 일은 오직 인간이 해결해야 한다."

영원한 동맹이란 없다. 심지어 같은 종족인 인간끼리도 그렇지 않은가.

무열 역시 권좌에 오르기 위해서 직접 동맹을 깨뜨리고 휀 레이놀즈를 죽였다.

그런데 상대가 다른 종족이라면?

그것도 차원조차 다른 자를 얼마나 믿을 수 있을까. 전생에서 인간군이 가장 큰 타격을 입었던 이유는 마족과 네피림 때문이 아닌, 믿었던 동맹군 때문이었다.

무열은 차갑게 카토 치츠카를 향해 말했다.

"알겠나?"

"아아……."

트로비욘은 망연자실한 표정으로 부서진 골렘의 코어를 주워 담으며 어찌할 바를 몰라 허둥지둥하고 있었다.

그런 그를 바라보며 무열은 차갑게 말했다.

"카토 치츠카, 솔직히 말해라. 네가 저 드워프와 어떻게 만났는지는 중요치 않지만 나를 두고 네가 시험을 했다는 건 가만히 넘길 수 없는 일이니까."

"분명 말했을 텐데. 권좌에 오르고 난 뒤에 또 다른 전쟁이 남아 있으며, 이미 그건 시작되었다고."

카토 치츠카는 트로비욘을 가리키며 말했다.

"드워프의 차원인 아이언바르는 악마족에게 침공을 당했다. 그는 인류에게 도움을 요청하기 위해 왔다고 했다. 그리고 악마족을 섬멸한다면 그 대가로 종족 전쟁에서 우리를 지원하기로 약조했다."

"그게 내 질문에 답이 될 수 없다는 걸 알 텐데."

"……드워프 굴에 대해서 아직 알려지면 안 되기 때문이다."

무열의 말에 그는 살짝 인상을 찡그리며 말했다.

"물론…… 그전에 네 실력을 보고 싶었던 것도 있다. 골렘이 어디까지 통용이 될 수 있는가 역시."

"실험이었군."

그의 대답에 무열은 차갑게 웃었다.

"아니, 시험이었나?"

부서진 골렘을 가리키며 무열이 말했다.

"너에겐 손해 보는 일이 아니었을 테니까. 골렘과 나, 둘 중에 어쨌든 살아남을 자가 있을 테니. 드워프가 준비한 회심의 카드도 소용없게 되었다. 그럼 이제 넌 어쩔 셈이지? 박쥐처럼 이번엔 내게 붙을 생각인가?"

"그게 무슨!!"

잠자코 그의 말을 듣고 있던 카토 유우나가 목소리를 높이며 소리쳤다.

"그만하지."

"뜻은 알겠다만 이 이상 선을 넘는다면 우리도 가만히 있을 수 없다."

무열이 한 걸음 그에게 다가간 순간, 무열의 등 뒤에서 들려오는 목소리가 있었다. 차가운 냉기가 그의 뒷덜미에서 서

늘하게 느껴졌다.

"……"

뒤를 돌아본 무열은 이곳에 온 처음으로 놀란 표정을 지었다.

"노승현, 그리고…… 김호성?"

"우리를 알고 있나?"

"물론."

무열이 자신의 이름을 말하자 창을 들고 있던 노승현 역시 놀란 얼굴로 그에게 물었다.

"트라멜과 타투르의 정보력은 상상하는 것 이상이니까. 너희에 대한 소문 역시 알고 있다."

물론 거짓말이다. 전생(前生)에서 이강호의 다섯 제자의 한 명으로 유명했다는 것을 말할 수는 없었으니까.

"하지만 당신을 이곳에서 만날 거라고는 생각 못 했는데. 아니, 카토 치츠카와 한배를 탔을 거라고도 상상하지 못한 일이니까."

바뀐 미래에 대한 영향. 자신이 만든 일이니 어쩔 수 없다고 생각했지만, 무열은 그가 그렸던 퍼즐의 한 조각, 아니, 두 조각을 이곳에서 조우하게 되자 딱딱한 얼굴로 말했다.

"꽤 조심했는데 우리에 대해서까지 알고 있다, 라……. 역시 그냥 두기엔 위험한 인물이야."

감호성은 무열의 대답에 가볍게 웃으면서 말했다.

"내 말이 맞지? 저번에 죽였어야 해."

"여전하군."

"뭐?"

"그 성격. 그러다 단명할 거다."

알 수 없는 무열의 말에 김호성은 인상을 찡그리며 고개를 갸웃거렸지만 그 이상 대답을 들을 순 없었다.

"그리고 아직 자신들의 입장을 제대로 알지 못하는 모양인데."

무열은 자신의 목을 겨누고 있던 창날을 아무렇지 않게 손으로 밀쳤다.

"내게 창을 겨누지 마라."

그러고는 치츠카를 향해 말했다.

"너, 그리고 카토 유우나, 김호성, 노승현."

그는 천천히 고개를 돌리며 그들을 한 번씩 바라보고는 나지막한 목소리로 말했다.

"정말로 지금 너희가 날 이길 수 있다고 생각하나?"

"……!!!"

그 순간, 그들의 표정이 굳었다. 너무나도 당연하게 포위당해 있는 무열 쪽이 위기라고 생각할 것이다. 그러나 정작 포위를 당한 당사자는 전혀 그렇게 생각하고 있지 않았다.

"자신감이 넘치는군."

가장 호전적인 성격인 김호성은 그의 당당한 모습에 안색이 변하며 말했다.

"확인해 볼까?"

스으으으응…….

그의 팔에 감겨 있는 차크람이 붉게 달아오르고 있었다. 홀 안이 갑자기 뜨거운 열기로 가득 차자 무열은 그것을 바라보며 생각했다.

'불타는 징벌(Flame Punish)인가. 소문만 무성하던 저걸 꽤나 이른 시기에 얻었군. 뭐, 운도 실력이라면 실력이겠지만.'

최상위 정령 무구 중에 하나이자, 폭염왕 라미느의 힘을 봉인하고 있는 차크람은 가히 가장 순수한 불의 힘을 머금고 있는 무구라고 해도 과언이 아닐 것이다.

그러나.

"진정하지?"

그건 김호성에게 하는 말이 아니었다. 무열의 한마디에 뜨겁게 달아오르기 시작했던 차크람의 불길이 언제 그랬냐는 듯 열기를 감추었다.

"……?!"

생각지 못한 변화에 오히려 무구의 주인인 김호성은 당혹스러운 듯 소리쳤다.

"이, 이게 왜 이래?"

"네 눈이 옹이구멍이 아니라면 분명히 봤을 텐데. 내가 사용하는 힘이 어떤 것인지."

치직…… 지지직……!!

무열의 검에서 날카로운 전격이 뿜어져 나왔다. 단순히 정령 무구는 정령력이 없어도 사용할 수 있다. 그렇기 때문에 정령의 힘을 쓰기 위해서 세븐 쓰론의 사람들은 봉인을 풀지 않았던 것이기도 하다.

하지만 무열은 정령술을 익혔다. 게다가 그가 계약한 정령은 보통 정령이 아닌 정령왕으로, 하나도 아닌 두 명이었다.

이런 정령술사라면 폭염왕 라미느조차도 정령력이 전혀 없는 김호성과 비교했을 때 주인의 강력한 명령이 아닌 이상 무열의 편을 들어줄 수밖에 없었다.

"너희 둘이 이곳에 있다는 건 예상 밖이었지만 상관없다. 나는 카토 치츠카와 이야기를 나누고 싶을 뿐이니까."

저벅―

무열이 한 발자국 발걸음을 내딛는 순간.

"멈추라고 경고했을 텐데."

노승현이 빠르게 그의 앞을 막아서며 창을 겨누었다.

"……."

무열은 자신의 목을 노리고 있는 창끝을 바라봤다.

"너야말로."

"······?"

"내가 창을 치우라고 했을 텐데."

콰아아앙———!!!

그 순간, 엄청난 굉음과 함께 노승현의 몸이 휘청거리며 튕겨 나갔다.

"······!!!"

"······!!!"

너무나도 강렬한 그 모습에 그곳에 있던 사람이 모두 벽으로 밀려 나간 노승현을 찾기 위해 황급히 고개를 돌렸다.

찰나의 순간에도 창날을 아래로 박아 기둥 삼아 버틴 노승현의 능력은 대단하다 할 수 있지만, 단 일격의 충격만으로도 그의 낯빛이 어둡게 변해 있었다.

'흐음······. 짧은 사이에 몸을 틀어 치명상을 피하면서 그사이에 창으로 내 공격의 기세를 줄였다?'

"훌륭하군."

하지만 그 일격에 쓰러지지 않는 그를 보며 무열은 오히려 고개를 끄덕였다.

'확실히 잃기엔 아까운 인재다. 골치 아파졌는걸. 이렇게 되면 카토 치츠카와 손을 잡아야 할 경우도 배제할 수 없겠어.'

이런 상황 속에서도 무열은 여러 가지 경우를 생각했다.

카토 치츠카에 대해서는 아직 마음을 놓을 수 없지만 그의 능력만큼은 인정하지 않을 수 없었다.

'두 사람뿐만 아니라 드워프와의 관계. 어쩌면 이것보다 더 많은 것을 했다면 최혁수보다 더 뛰어난 사람일지도 모르지.'

하지만 그럼에도 불구하고 무열은 그를 배제했다. 아무리 뛰어나다 하더라도 위험 요소를 가지고 있다면 절대로 함께할 수 없는 법이니까.

휀 레이놀즈, 염신위, 안톤 일리야, 그리고 이강호까지. 그들이 절대로 능력이 없어서 죽은 것이 아니니까. 반대로 너무나 뛰어나기 때문에 죽을 수밖에 없었던 일이다.

'드워프라……'

무열은 카토 치츠카의 말에 동의했다. 종족 전쟁에서 그들의 힘을 이용할 수 있다면 확실히 도움이 될 것이다. 하지만 전생(前生)에서처럼 그들이 배신을 한다면 더 큰 위험이 될 수도 있다.

그 순간, 무열은 아무도 모르게 입꼬리를 가볍게 올렸다.

'나쁘지 않군.'

어느 정도 예상했던 일이라 카토 치츠카와 드워프와의 관계가 있다는 것은 그다지 놀라운 것은 아니다. 하지만 그 관계가 드워프의 왕인 트로비욘 뮤르와 직결되어 있는 것은 예상치 못한 일.

'기회가 될 수도 있다.'

저벅, 저벅, 저벅.

무열은 카토 치츠카를 지나쳐 부서진 골렘 위에 서서 말했다.

"뮤르가(家)의 가보이기 이전에 모든 드워프의 신물이라고 할 수 있는 보석을 부순 사건이 알려지게 되면 아무리 유서 깊은 왕가라고 해도 그 자리를 유지하긴 어렵겠지."

"무슨 말을 하고 싶은 게냐."

"날 죽이려고 했던 일은 일단 넘어가 주지. 나 역시 네가 던전의 보스 몬스터로 골렘을 설정해 놓은 덕분에 보상 상자를 얻었으니까."

으르렁거리듯 말하는 트로비욘에게 무열이 손을 들어 아직 열지 않은 상자를 가리키며 말했다.

"드워프와 악마족 간의 전쟁에 인간의 힘을 빌리기 위해서 왔다는 것. 믿는다."

"……!!"

"도와줄 수도 있다. 악마족을 밀어내는 건 우리도 필요한 일이니까. 뿐만 아니라 나머지 세 종족 역시."

트로비욘은 무열의 말에 깜짝 놀란 얼굴을 감추지 못했다.

"이제 와서? 네가 이미 그 가능성을 완전히 망가뜨렸잖느냐."

콰앙———!!!

무열은 부서진 골렘의 얼굴에 다시 한번 검을 박아 넣었다.

"닥치고 내 말부터 들어."

철 조각이 사방에 튀었다.

"날 죽이려고 한 녀석의 투정에 일일이 다 사과를 할 만큼 무른 놈이 아니니까."

무열은 담담한 목소리로 말했지만 그에게서 느껴지는 아우라에 이미 그곳에 있던 모든 사람이 압도된 듯싶었다.

"드래곤 하트를 복원할 수 있다."

"……!!!"

"……!!!"

그의 한마디에 모두가 충격을 받은 듯 눈을 동그랗게 뜨며 무열을 바라봤다.

"그, 그게 정말이냐?"

특히 트로비욘은 너무 놀라 말까지 더듬었다.

"대신 조건이 있다."

"조건? 그게 뭐지? 어서 말해봐라."

"잠깐만요! 트로비욘."

분위기가 이상하게 돌아간다는 것을 감지한 카토 유우나가 다급히 그를 말렸다. 하지만 트로비욘은 심혈을 기울여 만든 골렘이 부서진 지금, 당사자인 무열에게 기댈 수밖에 없는 아이러니한 상황도 개의치 않은 듯했다.

"악마족을 물리치는 데에 힘을 빌려주지. 대신 너희는 우리가 종족 전쟁에서 이길 수 있도록 도와라."

"그게 무슨!!"

"말도 안 되는 일이야!!"

전혀 생각지 못한 무열의 말에 카토 남매가 황급히 소리 쳤다.

"강무열! 조금 전에 네가 말했잖아! 인간의 일은 인간이 해 결하라고! 그런데 너 역시 드워프의 힘을 빌리려 하는 거냐!!"

카토 치츠카를 힐끔 바라보던 무열은 표정 하나 변하지 않 고 말했다.

"동맹이 아니다."

마치 저들의 반응 모두가 생각대로라는 듯 무열은 천천히 트로비욘을 향해 말했다.

"내 밑으로 들어와라."

"……!!!"

그의 말에 다시 한번 경악하는 사람들. 생각지 못한 제의를 받은 트로비욘의 머릿속이 복잡해졌다.

'제길……. 저 녀석 때문에 모든 계획이 엉망이 되었다. 엔더 러스가 없으면 악마족은커녕 지금 내 위치마저 위험한데…….'

그는 무열이 자신에게 했던 말을 잊지 않았다. 드워프의 보 물인 드래곤 하트가 없는 지금, 정말로 자신의 목숨까지 위태 로운 게 사실이었으니까. 드워프를 습격한 악마족을 물리치 기 이전에 같은 종족에게 오히려 내몰릴 판이었다.

'악마족에게 방해받지 않기 위해 이곳에서 골렘을 완성하려고 한 건데……. 그래, 어떻게 해서든 드래곤 하트를 복원하는 게 급선무. 제대로 완성만 되면 저런 인간 따위 언제든…….'

트로비욘은 눈을 빛냈다.

"……그럼 우리가 얻는 게 뭐지?"

그러고는 떨리는 목소리로 물었다.

"이봐, 머리 굴리지 마."

"……!!"

그때였다. 이 와중에 계산을 한다는 사실에 무열은 피식 웃으며 골렘에게 박아 넣었던 검을 뽑아 드워프의 짧은 목에 겨누었다.

날카로운 검날이 닿는 순간, 트로비욘은 자신도 모르게 마른침을 꿀꺽 삼켰다.

"죽지 않는 것만으로도 감사해라."

72장
거암군주(巨巖君主)

"어떻게……. 드래곤 하트를 복원하겠다는 거지?"

트로비욘은 조심스럽게 무열에게 말을 꺼내었다. 일단은
한발 물러선 모습. 관계의 고저(高低)를 떠나 확실한 방법부터
듣고 싶었기 때문이었다.

"간단하다. 너희 드워프가 골렘을 만들 때 사용하는 코어가
정령계에 있는 보석이라는 건 나보다 네가 더 잘 알겠지."

"물론이다."

"드래곤 하트라는 이름을 붙였지만 사실상 이것 역시 정령
계에 있는 보석 중에 하나. 복원하지 못할 이유가 없다."

무열의 말에 트로비욘은 그럴 줄 알았다는 듯 콧방귀를 뀌
었다.

"하……. 알지도 못하는 건 오히려 네 녀석이군. 어디서 얕

은 지식을 주워들은 건지 모르겠지만 제대로 알고서 말해라. 드래곤 하트를 얻는 게 강가에 돌을 줍는 것처럼 쉬운 줄 아느냐?"

드래곤 하트(Dragon Heart).

강대한 마력을 지닌 이 보석은 결코 쉽게 얻을 수 있는 물건이 아니었다. 최상위 정령이 머무는 정령의 산꼭대기에서만 구할 수 있는 것.

게다가 골렘을 움직이게 만드는 마력과 함께 골렘의 심장에 자리 잡을 수 있는 토(±)속성까지.

이 두 개를 모두 부합하는 보석만이 오직 드래곤 하트라 불릴 수 있었다.

"나는 쉽다고 하지 않았는데. 불가능하지 않다고 말했을 뿐이다."

"……뭐?"

무열은 트로비욘의 말을 아무렇지 않게 넘기며 대답했다.

"마력과 속성, 두 개의 조건을 만족시키면 드래곤 하트는 복원할 수 있다. 그리고 그중 하나. 마력은 내가 채워 넣을 수 있다."

꿀꺽-

트로비욘은 드래곤 하트에 들어갈 마력의 양이 얼마나 대단한지 알고 있었다.

"정말인가?"

"그렇다."

대대로 마법에 뛰어나다는 엘프조차 드래곤 하트 안을 채우려면 버거울 것이다. 그걸 인간 혼자서 할 수 있다고는 전혀 상상하지 못한 일.

"하, 하지만 속성은? 네가 토(土)속성의 마법을 익힌 마스터(Master)라 할지라도 두 가지를 동시에 하는 것은 불가능한 일이야!"

"알고 있다."

마지막 반박조차 무열은 표정 하나 변하지 않고서 대답했다.

"너는 살아온 세월에 비해 너무 성격이 급하군. 그러니 그렇게 악마족에게 당했지."

"뭐, 뭐라고?"

"마력을 주입한다고 했지, 속성을 내가 부여한다고는 말하지 않았다. 자꾸 말을 끊는데, 드래곤 하트를 복원하기 싫은가 보지?"

"아, 아니…… 그게 아니라…….."

"그러면 조용히 입 다물고 내 말부터 들어라."

"끄윽……."

드워프는 무열의 으름장에 꼴사나울지도 모르지만 자신도 모르게 굵은 손으로 입을 가렸다.

"드래곤 하트를 채울 만큼 강렬한 속성을 가진 존재가 하나 있다. 애초에 정령계 꼭대기 층에서 드래곤 하트를 만든 존재가 있으니까."

[설마 너…….]

쿤겐은 무열의 의도를 알아차린 듯 말했다.

"그래, 예정보다 빨리 그와 다시 만나게 될 것 같군."

[하아, 못 말리겠군.]

하지만 정작 트로비욘은 무슨 말인지 알아듣지 못해 고개를 갸웃거렸다.

[그럼 멋대로 드래곤이란 이름을 붙여서 보석을 만든 녀석의 심기를 거스르는 바람에 다시는 만들지 않겠다고 했다는 것까지 말하지그래?]

"그런 일이 있었나? 정령의 일까지 내가 알 순 없으니까."

단순히 놀리려고 하는 말이 아니었다. 쿤겐은 그만큼 드래곤 하트를 복원하는 일이 쉬운 것이 아님을 얘기하는 것이었다.

[나 참…….]

하지만 그의 말에도 불구하고 무열은 변화 없는 목소리로 말했다.

"지금 당장 결정을 내릴 필요 없다. 트로비욘, 나는 어찌 됐든 드래곤 하트를 복원할 것이니까. 그리고 그 결과를 보고 난 뒤에 내 밑으로 들어올지 말지 결정해도 상관없다."

"그게 정말이냐?"

"물론."

자신만만한 무열의 모습에 트로비욘은 말을 더듬으며 조심스럽게 그를 바라봤다.

"현혹되시면 안 됩니다!! 저희와 한 약조가 있지 않습니까!!"

누구보다 카토 치츠카는 무열에 대해서 잘 알고 있었다. 한 번 내뱉은 말은 절대로 이루고 만다는 것을 몇 번이나 겪었으니까.

이대로 흘러간다면 정말로 기껏 일궈놓은 드워프와의 관계가 무너질 것이라는 사실에 카토 치츠카는 황급히 트로비욘을 막아섰다.

"너야말로 진정하지?"

"이것 놔!!"

신경질적으로 무열의 손을 뿌리치려 팔을 들어 올리며 그가 소리쳤다.

차르릉…….

그 순간, 방울이 부딪치는 경쾌한 소리가 들렸다.

아무것도 아닌 일일지 모르지만 왜인지 그 소리가 들리자 모두의 시선이 한곳에 쏠렸다.

"……?!"

분위기와 상관없이 너무 이질적인 소리였기 때문일까. 무열 역시 자신이 왜 그 소리를 찾아 고개를 돌렸는지 이해되지 않았다.

마치 자석에 끌리듯 그는 자연스럽게 카토 치츠카의 손목을 바라봤다.

'설마……?'

그때였다. 무열의 눈빛이 살짝 흔들렸다.

파앗――!!

황급히 그의 손에서 벗어난 카토 치츠카는 붉게 자국이 난 손목을 만지며 그를 노려보았다. 선명한 자국은 무열이 그 짧은 순간에 얼마나 세게 그를 잡았는지를 보여줬다. 자신도 모르게 힘이 들어간 모양이었다.

"어쩐지……."

무열이 그를 노려보았다. 아무런 일도 아니라 생각했는데 그의 반응은 심상치 않았다.

"제정신이냐? 카토 치츠카."

"무슨 헛소리야."

무열은 으르렁거리듯 대답하는 그를 뒤로하고, 들고 있던 검을 있는 힘껏 휘둘렀다.

스아아악―――!!!!

"크윽?!"

날카로운 파공성과 함께 카토 치츠카는 황급히 두 팔을 들어 올렸다.

"이게 무슨 짓이야!!"

그러나 그의 외침과 달리 검기는 그를 베지 않았다. 아슬아슬하게 벗어난 예기가 벤 것은 그 뒤에 있는 나머지 사람들이었다.

"꺄악!!"

카토 유우나의 비명과 함께.

콰가가가강……!!

콰가강……!!

무열이 뿌린 검기에 벽이 사정없이 갈라졌다.

갑작스러운 공격에 반응하지 못한 채 뒤에 있던 세 사람은 황급히 주위를 둘러보았다.

"음……?"

그러나 상처를 입은 사람은 아무도 없었다. 영문을 알 수 없는 상황에 어리둥절했지만, 그 와중에 노승현만은 미묘한 눈빛으로 무열을 바라봤다.

서걱–

파아앗–!!

무언가 베어지는 소리와 함께 세 사람의 옷소매가 갈기갈기 찢겨 나갔다.

"……!!!"

카토 유우나가 황급히 가슴을 가리며 주저앉았지만, 다행히도 잘려 나간 것은 소매까지였다.

"뭐 하는 짓이지? 이게?"

노승현이 나지막한 목소리로 무열을 향해 물었다.

그가 땅에 박힌 자신의 창을 들어 올리자 무열은 천천히 그를 바라보았다.

아니, 정확히는 그의 손목이었다.

"카토 치츠카, 나는 네 녀석이 싫지만 적어도 이렇게 성급하게 움직이는 사람은 아니었다고 생각했다."

"무슨 소리를 하는 거냐."

"오늘 널 봤을 땐 뭔가 쫓기는 느낌을 받았거든. 드워프와 손을 잡는 것도 그렇고 뭔가 앞뒤가 맞지 않는 일이 많았다. 그런데 그 이유를 이제야 알겠군."

차가운 시선으로 자신을 바라보는 무열의 눈빛을 카토 치츠카는 피하지 않았다. 하지만 흔들리는 눈빛까지는 감추지 못했다.

"빌어먹을 신이 우리를 이곳에 끌고 왔을 때 말했지. 수단과 방법을 가리지 않고 권좌에 오른 단 한 명에게만 원하는 것을 들어주겠다고."

"……"

"나 역시 인정한다. 무슨 짓을 해서라도 살아남은 한 사람만이 정의라는 것을."

꽈악—

그 순간, 무열이 자신의 옆에 있던 그의 멱살을 잡았다.

"하지만 카토 치츠카."

"……."

"감당할 수 없는 힘을 얻었을 땐 그에 따른 대가를 치러야 한다는 걸 모르지 않겠지."

짜르릉…….

손목의 팔찌가 다시 한번 울었다.

"그런데 이런 짓을 해? 네가 타락(墮落)의 보좌를 받고 있다 한들 결국 균열의 힘은 불완전한 것. 이대로라면 네가 그놈에게 잡아먹힐 것이다."

"……!!!"

카토 치츠카는 무열의 말에 깜짝 놀라지 않을 수 없었다. 세븐 쓰론 이상의 차원이 있다는 것을 아는 것도 그렇지만 단 한 번도 말하지 않은 타락의 존재까지…….

"어떻게……?"

그는 자신도 모르게 물었다.

"너희들이 차고 있는 권속(眷屬)의 팔찌. 타락과의 맹약의 증표이지 않나?"

무열은 카토 치츠카의 손목을 가리켰다. 그리고 그의 팔찌와 똑같은 것이 다른 이들에게도 있다는 것을 확인했다.

의외인 것은 그의 말에 노승현과 김호성이 놀란 듯 자신의 손목을 살폈다는 점이다. 아무래도 그들의 반응을 봤을 때 카토 치츠카가 두 사람에게 그 팔찌가 무엇인지 제대로 설명을 하지 않은 듯 보였다.

"아무것도 말해주지 않았나? 훗……. 내가 자리를 비우고 난 뒤부터 꽤나 곤욕스러운 일이 벌어지겠군."

"너……!!"

카토 치츠카는 이를 악물었다.

'우연이지만 운이 좋았군. 처음에는 발견하지 못했으니까. 하지만 솔직히 놀랍군. 녀석이 타락과 연관되어 있다니.'

그의 말에 카토 치츠카는 황급히 자신의 손목을 가리며 말했다.

"도대체 어디까지 알고 있는 거지, 넌……."

타락(墮落).

어둠 마법을 쓰는 불멸회에서 연구를 했던 힘.

하지만 그 힘은 완벽하게 신에게 배제되어 있는 위험한 힘이었기에 불멸회조차 제대로 다루지 못한 변수이기도 했다.

그러나, 그 힘 역시 무열이 얻고자 하는 것이기도 했다.

그는 카토 치츠카를 바라보며 의미심장한 표정을 지었다.

"걱정 마라. 널 탓하려는 것이 아니니까. 나 역시 그 힘이 필요하기 때문이지."

"뭐?"

"네가 어떻게 타락에 얽혔는지는 들어봐야겠지만 말이야. 나보다 먼저 타락과 관련이 있을 줄은 몰랐거든. 하지만 오히려 잘된 일일지도 모르지. 그만큼 시간을 단축할 수 있을 테니까."

무열은 멱살을 쥔 옷깃 아래로 그의 목이 검게 변한 것을 보았다.

'흑혈(黑血)의 진행도가 꽤 높다. 이 정도면…… 꽤 오래전부터 타락과 계약을 했다는 말인데……. 설마 카나트라 산맥 때 이미?'

그는 카토 유우나를 떠올렸다.

'그렇다면 그녀가 썼던 린화(燐火)의 힘도 말이 된다. 인간의 영역을 뛰어넘은 힘이니까.'

파앗-

무열이 카토 치츠카를 잡았던 손을 놓으며 말했다.

"너는 운이 좋군. 아직 죽을 때는 아닌 것 같으니 말이야."

"……뭐?"

"내가 마녀와 알고 있음을 감사히 여겨라."

그렇게 말하고서 그는 인벤토리에서 타투르를 떠나기 전 윤선미가 준 주머니를 꺼냈다.

"마녀술(魔女術)의 근본 역시 암흑 마법과 마찬가지로 타락에서 파생된 것이니까."

무열은 그 안에서 작은 약병 하나를 꺼내 카토 치츠카에게 던졌다.

"마셔라. 네 몸에 퍼진 기운을 억누르는 데 효과가 있을 거다."

"……."

카토 치츠카는 무열이 던진 보랏빛의 액체가 든 작은 유리병을 바라봤다.

"무엇을 대가로, 어디까지 네가 계약을 한 것인지는 모르지만, 원한다면 안티훔 대도서관의 문을 열어주겠다. 너보다 훨씬 더 타락에 대한 연구를 많이 한 곳이다."

"그게 무슨……."

"네가 타락을 다룰 수 있다면 나에게 넌 적이 아닌, 필요한 수하(手下)가 될 수도 있겠지. 죽이기에 아까운 녀석이거든, 너는."

"수하? 하, 누가 네 밑으로……."

너무나도 당연하게 말하는 그의 모습에 카토 치츠카는 황급히 소리쳤지만 무열은 오히려 대꾸도 하지 않은 채 몸을 돌렸다.

"쿤겐, 차원문을 열어라. 정령계로 간다."

[진심이냐, 너.]

"물론."

[나는 모른다. 너도 알다시피 나와 그 녀석은 사이가 좋지 않으니까. 무슨 일이 벌어진다 하더라도 도와줄 생각 없다. 이건 모두 네가 자초한 일이니까.]

무열은 대답 대신 천천히 검을 뽑았다.

[후우…….]

츠즉…… 츠즈즉……!!

검날에 스며드는 전격의 힘이 점차 강렬해지자 무열은 두 손으로 검의 손잡이를 잡아 날을 세웠다.

우우우웅---!!

천천히 검으로 원을 그리자 공간이 잘려 나가며 그의 앞에 일렁이는 공간이 생겨났다.

"……!!!"

트로비욘은 그 모습에 깜짝 놀라며 무열을 바라봤다. 그가 정령왕과 계약을 했다는 사실은 알고 있었다. 하지만 정령계의 문을 여는 것은 그것과는 별개의 문제였다. 아무렇지 않게 정령계로 들어간다는 것은 그에 상응하는 용기가 필요한 법이니까.

[아무리 생각해도 나는…….]

"그만 투덜거려라. 드래곤 하트를 복원하기 위해 이보다 더 확실한 존재는 없다는 걸 너도 잘 알잖아."

[투, 투덜이라니?]

무열은 쿤겐의 반응에 피식 웃고는 일말의 고민도 하지 않고서 차원문에 발을 집어넣었다.

그곳에서 자신을 기다리고 있을 한 명의 정령왕(精靈王). 봉인되지 않고 모든 세계의 역사를 그대로 맞이했던 유일한 존재. 바로, 거암군주(巨巖君主) 막툰을 만나기 위해.

츠으으으…….

날카로운 스파크와 함께 상공에 생성된 차원문이 사라지며, 그와 동시에 무열의 몸이 바닥으로 떨어졌다.

쿵-

무릎을 꿇은 채로 간신히 중심을 잡았지만 지끈거리는 두통에 무열의 몸이 비틀거렸다.

"후우……."

정령계로 들어오는 것이 처음은 아니었지만 여전히 적응이 되지 않는 기분. 차원을 넘는다는 것 자체가 부담이 될 수밖에 없는 일이다.

[너처럼 아무렇지도 않게 정령계로 들어올 생각을 하는 녀석도 없을 거다.]

[애초에 불가능한 일이지. 정령왕의 허락이 있다고 한들 스스로 차원문을 여는 건 인간이 할 수 있는 일이 아니잖아.]

쿤겐은 에테랄의 말에 피식 웃었다.

[그러게 말이다. 건방진 녀석이지, 정말로.]

무열은 두 사람의 대화가 귀에 들어오지 않는 듯 지끈거리는 이마를 짚으면서 말했다.

"후우⋯⋯. 창조력의 수치가 높아지면 반발력도 사라지려나. 이런 식이면 몇 번 쓰기도 전에 지치겠군."

무열의 세컨드 클래스(Second Class), 마력 통치자(Mana Ruler).

이 직업을 얻고 난 뒤, 새롭게 획득한 히든 클래스인 창조력을 통해서 그는 세븐 쓰론 최초로 창조 마법을 사용할 수 있게 되었다.

유물, 타 종족, 이차원계의 마법 등 대륙에 정의되지 않은 다른 무언가를 얻었을 때, 창조력을 획득하고 창조 마법을 쓸 수 있게 된다.

하지만 지금까지는 이렇다 할 특이점이 없었기에 제대로 창조력을 활용할 수 없었다. 그러나 정령과 계약을 하게 됨으로써 정령계에 진입했던 무열은 이후 자신의 창조력을 통해 정령계에 출입할 수 있는 마법을 만들 수 있었다.

[창조력을 떠나 이 마법 자체가 네 육체에 무리가 가는 일이다. 아무리 마력을 통한 것이라고는 하지만 인간을 매개체로 완전히 다른 차원을 연결하는 거니까.]

[흥⋯⋯. 그러다 권좌를 떠나서 제명에 못 죽지.]

무열은 두 사람의 핀잔에 가볍게 입꼬리를 올렸다.

"걱정 마라. 적어도 '그 일'을 끝내기 전까지는 죽지 않을 테니까."

휘이이이익……!!!

그 순간, 무열의 주위에 바람이 일더니 수십 마리의 정령이 나타나 그를 둘러쌌다.

"……."

중급 정령에서부터 상급 정령까지. 속성은 제각각이었지만 그들은 공통적으로 무열을 경계하듯 날카로운 기운을 뿜어내고 있었다.

보통 사람이라면 수십 마리의 정령이 자신을 둘러싸면 당황스러워하게 마련이었지만, 무열은 그들의 한가운데를 걸어 갔다.

"현신의 망토까지 쓸 필욘 없겠지."

[물론이다.]

쿤겐과 에테랄과의 계약을 위해서 정령계에 왔을 때에도 이와 비슷한 상황을 겪었다.

"상급 정령이라면 최소한의 의사소통은 가능할 텐데……. 학습 능력이 없나 보군."

[정령왕이 두 명이나 있는데도 덤비려고 하는 건 멍청한 게 아니라 명령에 의한 것이겠지.]

[막툰 녀석…… 쓸데없는 짓을.]

무열은 천천히 손을 풀었다.

정령계의 시간은 세븐 쓰론과 다르다. 인간계의 절반으로 흐르는 이곳에서 오래 머물면 다시금 돌아왔을 땐 권좌가 정해져 있을지도 모르는 일이다.

"후웁……."

검을 잡은 두 손에 힘을 주었다.

속전속결(速戰速決).

최소한의 시간 안에 정령을 뚫고 정령의 산에 막둔이 있는 신전으로 향할 생각이었다.

"……?!"

그때였다.

무열이 정령들 사이로 뛰어들려고 하자 정령들이 파도가 갈리듯 양쪽으로 물러서 그에게 길을 터주었다.

"음?"

생각지 못한 행동에 무열은 검을 멈추었다.

쿠르르르르르……!!!!!

쿵- 쿵- 쿵-!!!

지축이 흔들리는 떨림이 느껴졌다. 무열의 머리 위로 마치 태양이 사라진 듯 그림자가 드리워졌다가 사라졌다.

콰아아아앙……!!!

굉음과 함께 엄청난 충격에 지면이 크레바스처럼 쩌저적

갈라지며 부서졌다. 하늘에서 자갈이 비처럼 우수수 떨어져 내렸다.

상공에서 뛰어내린 거대한 물체. 시야를 가리는 흙먼지와 함께 산의 정상에서 떨어진 그것의 등장에 조금 전 무열을 둘러쌌던 정령이 일제히 흩어졌다.

[다시는 이곳에 발을 들여놓지 말라고 했을 텐데.]

스피커를 귀에 대고 있는 것같이 한 마디, 한 마디가 심장을 울리는 기분이었다.

고개를 들어 올려다봐야 겨우 볼 수 있는 높이.

그것은 놀랍게도 막툰이었다. 엔더러스의 몇 배는 될 정도로 거대한 체구를 가진, 아마 모든 정령왕을 통틀어서 가장 큰 존재.

단 한 번도 정령의 산에서 내려온 적이 없는 그가 이곳으로 직접 내려왔다.

무열은 마치 눈앞에서 커다란 산을 보는 기분이었다.

[이봐, 정령이 정령계에 못 들어올 이유라도 있나?]

[너는 다르지.]

[뭐?]

[사생아 같은 녀석에게 내어줄 자리는 없다.]

쿤겐의 말에 막툰이 말했다.

[말 다 했나? 거북이 등껍질로 도망친 주제에 정령계가 마

치 자기 것인 양 행세하고 말이야. 너야말로 세븐 쓰론에 오래 있어서 인간에게 물든 거 아냐?]

[그러는 너희 꼴은? 인간에게 배신당하고 봉인됐던 주제에. 나는 너희와 다르다. 처음부터 인간을 믿지 않았다.]

대지와 번개.

유일하게 쿤겐을 제압할 수 있는 속성인 막튠은 태초부터 쿤겐과 상극의 존재였다.

[그리고 지금도 마찬가지지. 인간에게 빌붙어 있는 꼴이 말이다.]

쿠르르르……

그가 팔짱을 끼자 다시 한번 여기저기에 돌덩이들이 떨어졌다.

[정령계를 더럽히지 말고 떠나라. 저번에는 계약을 위함이기에 묵인했으나 더 이상 인간이 이곳에 있는 것을 허락하지 못한다.]

"그래? 그런데 어쩌지. 지금도 마찬가지인데."

[……뭐?]

무열은 그의 냉대에도 불구하고 아무렇지 않게 말했다.

"복수하고 싶지 않나?"

[…….]

"너도, 나도, 그리고 나와 계약한 정령왕 모두 같은 생각이다. 신에 대한 복수. 말은 그렇게 하지만 너 역시 인간계로 나오고 싶겠지. 안 그래?"

무열의 말에 막툰은 아무런 대답을 하지 않았다. 딱딱한 바위로 된 얼굴이 표정은 감추고 있었지만, 두툼한 눈이 흔들리는 것까진 숨기지 못했다.

[나는 인간을 믿지 않는다.]

고심 끝에 그가 입을 열었다. 거절로 들릴 수 있는 말이었지만 무열은 그의 대답에 살며시 입꼬리를 올렸다.

"알고 있다. 네가 무구에 봉인되지 않은 이유도 그것 때문이니까."

모든 정령왕이 신의 배신으로 무구에 잠들게 됐던 그때, 그는 칼두안에 몸을 숨겨 위험을 피했다. 그럼으로써 막툰은 봉인은 피할 수 있었으나 도망자라는 불명예를 얻었다.

"세븐 쓰론에 온다고 하더라도 나에게 구속될 필요 없다. 네가 필요한 장소, 너에게 이곳보다 그리고 나란 존재보다 더 완벽한 거처를 마련해 주겠다."

[……어떻게?]

"너도 보았을 텐데."

무열은 부서진 드래곤 하트의 잔해를 꺼내어 막툰에게 보여주었다.

"세븐 쓰론에는 지금 뮤르가(家)의 피를 이어받은 드워프의 왕이 있다."

[뮤르가의 자손이라······.]

"그걸로 충분하지 않아? 굳이 내가 더 설명할 수고는 필요 없다고 보는데."

보석을 캐고 광물을 주조하는 드워프와 바위 정령의 긴밀한 관계야 그의 말대로 설명할 필요도 없는 일이다.

척—

무열은 한 발자국 더 가까이 그에게 다가갔다.

"아무런 조건 없이 구두로만 계약한다면 넌 믿지 않겠지. 너에게 드래곤 하트의 복원을 부탁한다. 너와 나의 힘이라면 그다지 어렵지 않은 일이겠지."

그가 손바닥 위에 부서진 보석을 보였다.

"그리고 그에 상응하는 대가로 우리는 너에게 던전과 더불어 파기하지 않는 계약을 약속한다."

[흥, 뭐냐. 우리와는 아무런 조건도 없이 계약했잖아? 차별하는 것도 아니고.]

쿤겐은 심드렁한 목소리로 말했지만, 계약을 방해하려는 의도는 절대 아니었다. 오히려 이렇게 말함으로써 막툰의 위치를 올려주며 무열을 도왔다.

[파기 없는 계약. 그게 무엇을 의미하는지 알 텐데. 너는 진심으로 맹세할 수 있느냐.]

"물론."

파기 없는 계약. 소환사와 정령, 양쪽 모두가 파기할 수 있는 일반적인 정령 계약과 달리 오직 정령만이 파기할 수 있게 하는 계약.

대부분의 소환사가 이 계약을 쓰지 않는 이유는 자신이 사용할 수 있는 속성이 제한되어 있기 때문이었다.

불의 정령과 물의 정령을 동시에 사용하면 상성상 분명 문제가 생기게 마련. 그렇게 되었을 때 그 화살은 소환사에게 돌아가고, 최악의 경우 둘 중 하나와 계약을 파기해야 하는 상황이 오기도 한다.

그때를 대비해서 소환사는 안전한 일반 계약을 맺는다. 자신의 안전을 위해서.

히지만 무열은 아무렇지 않게 리스크가 큰 파기 없는 계약을 맺겠다 함으로써 막툰을 혼란스럽게 만들었다.

[이봐, 막툰.]

[너와 할 말 없다.]

[그건 나도 마찬가지다. 하지만 이건 들어라.]

정령계에 와서 자신의 모습을 찾은 쿤겐은 팔짱을 낀 채로 의미심장한 얼굴로 말했다.

[저 녀석에 대한 것이라서.]

[계약자에게 저 녀석이라니. 너에겐 군주라는 이명이 아깝

다. 잡스럽게 이것저것 모두 섞여 있는 것처럼 여전히 무례하고 상스러운 건 똑같군.]

파즈즉…… 파즈즈즉……!!

순간, 막툰의 말과 동시에 사방으로 전격이 터져 나왔다.

둘의 신경전은 태초부터 지금까지 여전했지만 쿤겐은 잠시 말을 멈추며 화를 삭이듯 눈을 감았다.

[후…… 쓸데없이 힘을 뺄 필요 없지. 잘 들어라. 저 녀석, 우리와도 파기 없는 계약을 맺었다.]

[……뭐?]

[인간 주제에 당돌하게 말하더군. 모든 정령왕과 계약을 할 거라고. 그리고 그 계약을 자신이 먼저 파기할 일은 없다고.]

막툰은 쿤겐의 말에 할 말을 잃었다. 각각의 성격이 다르듯 그들의 속성 역시 모두 다르다. 상성이 있으면 극상성도 있는 법. 아무리 강력한 힘이라 할지라도 한자리에 모이면 분명 반발이 생기게 마련이다.

[정령왕을 모두 모으겠다고? 어처구니가 없군.]

[그렇지?]

쿤겐의 어깨가 가볍게 흔들렸다. 웃고 있는 것이 틀림없었다.

[말도 안 되는 일이라는 것을 알면서도 이상하게 기대가 된단 말이지.]

그가 막툰을 향해 말했다.

[5대 정령왕과 2대 광야. 우리가 모인다면 정말로 신에게 대적할 수 있을지도 모르지.]

[정말로 그 허무맹랑한 말을 믿는 거냐?]

하지만 쿤켄의 말에 막툰은 여전히 회의적이었다. 믿음에 대한 배신보다 언제 깨어날지 모르는 봉인에 대한 두려움이 더 컸기 때문이었다.

[너도 하게 될 거다. 나와 에테랄과 계약한 소환사라는 것을 알면서도.]

[헛소리. 나는 아직 아무런 대답도 하지 않았다. 게다가 나와 너희는 입장이 다르다.]

[입장이 아니라 핑계가 다른 것이겠지. 정 궁금하면 물어봐라. 저기 저 여자도 똑같은 계약을 했으니까.]

쿤겐은 두 사람의 뒤에 서 있는 에테랄을 가리키며 말했다.

[흥, 난 할 말 없어.]

고개를 돌리는 그녀였지만 그 모습만으로 충분했다.

[강무열……. 도대체 어떤 인간인지.]

세 명의 정령왕. 그들을 모두 휘하에 둔 인간은 지금껏 없었을 것이다. 하나의 정령왕을 계약하는 것만으로도 다른 모든 속성을 포기해야 할 만큼 엄청난 일이었으니까.

[아니.]

그때였다. 쿤겐은 막툰을 바라보며 의미심장한 말을 남겼다.

[아직 한 녀석이 더 남아 있다. 너도 알 텐데.]

[설마…….]

세븐 쓰론에서 희미하게 느껴지는 이질적인 또 하나의 기운.

막튠은 그 힘이 누구의 것인지 잘 알고 있었다. 하지만 그렇기 때문에 조금 전 쿤겐이 했던 무열에 대한 말을 믿기 어려웠다.

[벌써 셋이다.]

[녀석에겐 이제 셋인 거지.]

더 이상 설명할 필요가 없다는 듯 쿤겐이 차원문을 향해 걸어가는 무열의 뒤를 따랐다. 막튠은 고개를 돌려 에테랄을 바라봤다. 그의 눈빛에 의미가 무엇인지 안다는 듯 그녀는 살짝 턱을 치켜들었다.

[나도 딱히 좋은 건 아냐. 너희 둘처럼 내게 그 녀석은 누구보다 까다로우니까.]

[그런데도 괜찮은가, 넌?]

[그렇다고 거절할 이유는 없지. 단 한 번도 없었던 일이지만 그건 강무열이 감당할 몫이니까.]

[…….]

막튠은 오히려 덤덤한 에테랄을 바라보며 할 말을 잃은 듯, 입을 다물지 못했다.

남아 있는 한 명. 정령왕 중에서도 가장 강맹한 존재.

바로, 폭염왕(暴炎王) 라미느.

두 명의 정령왕, 아니, 자신까지 포함하면 세 명의 정령왕과 계약을 하는 것임에도 만족하지 못하고 라미느와의 계약까지 염두에 둔 무열을 바라보며 막튼은 어이가 없다는 표정을 지었다. 왜냐면 그의 눈빛은 진심이었기 때문이다.

"다시 한번 묻지."

무열은 막튼의 생각을 읽기라도 한 듯 손바닥을 펼쳐 그에게 가져가며 말했다.

"어때? 나와 계약을 하겠나?"

73장
바위 심장(Stone Heart)

"돌아간다."

무열이 사라진 던전 안에서 카토 치츠카가 말했다.

"아니."

그런 그를 막아선 것은 다름 아닌 노승현이었다. 그는 자신의 손목에 차고 있는 팔찌를 들어 보이며 말했다.

"설명이 필요하단 걸 당신도 알 텐데."

"……."

"이 팔찌는 단순한 맹약의 증표가 아니었나? 설원 마을에서 네가 우리를 동료로 인정한 의미가 아니었냐고 묻는 거다!"

쫘악-!!

노승현은 카토 치츠카의 팔을 들어 올렸다.

"……?!"

그의 손목 혈관은 마치 검은 피가 흐르는 것처럼 검게 변해 있었다.

지금까지 전혀 눈치채지 못한 일.

"그만해라. 우리끼리 분란을 만들어 봐야 아무런 득이 되지 않는 일이다."

김호성이 노승현이 잡고 있던 치츠카의 팔을 놓게 만들었다. 그러자 그를 노려보며 노승현이 말했다.

"당신도 알고 있었습니까? 타락이란 게 도대체 뭡니까?"

"……나 역시 모르긴 마찬가지야. 하지만."

그때였다.

"어째서 숨기려 하는 거지?"

서로 아무런 말을 하지 못하는 세 사람을 보며 트로비욘은 이상하다는 듯 말했다.

"존재하는 것을 감출 필요 없다. 타락(墮落)은 세븐 쓰론뿐만 아니라 다른 차원의 종족까지도 모두 알고 있는 사실인 것을."

"그게 뭡니까."

"말 그대로 균열에서 탄생한 것이다. 신의 섭리를 벗어난 존재. 균열과 자연계가 만나서 태어난 것이 정령이다."

노승현은 트로비욘의 말에 살짝 인상을 찡그렸다.

"그게 끝입니까?"

"그 힘에 닿게 되면 신이 규정한 규율 이상의 힘을 얻을 수 있다. 정령과 계약을 하게 되면 정령의 힘의 일부를 쓸 수 있는 것처럼 말이다."

트로비욘은 카토 치츠카를 잠시 바라봤다. 그의 떨리는 눈동자를 보며 오히려 담담한 목소리로 말했다.

"그러나 자연의 힘이 섞인 정령과 균열 그 자체의 힘인 타락은 다르다. 정령은 계약이란 규제로 소환자의 능력에 맞는 등급의 정령을 사용해 육체의 붕괴를 막을 수 있거든."

트로비욘이 처음 무열을 봤을 때 놀랐던 이유가 그것이었다.

정령왕과의 계약.

그것만으로도 놀라운 일인데 하나도 아닌 둘과 계약을 하고 그 힘을 모두 사용하고 있었으니 말이다.

정령 역시 타락과 마찬가지로 균열에서 태어난 존재이기 때문에 감당할 수 없는 힘을 사용하려다간 시전자의 육체를 망가뜨릴 수밖에 없다.

'이미 두 명의 정령왕을 계약한 인간이 무슨 이유로 정령계에 갔을까……. 설마 그건 아니겠지.'

트로비욘은 일말의 불안감을 지울 수 없는 듯 고개를 저으면서 말을 이었다.

"타락은 강력한 힘을 주는 반면, 사용자의 안위 따윈 살피지 않는다. 아까도 말했듯이 제약이 없는 힘은 결국 네 몸을 파괴할 거다."

설명을 하던 그가 마지막에 카토 치츠카를 바라보며 말했다.

"무슨 말인지는 네가 더 잘 알겠지."

"그럼 우리의 육체도 타락의 영향을 받고 있는 겁니까?"

"그렇겠지. 팔찌의 작은 구슬 하나하나가 아마도 타락의 힘을 봉인한 것이니까. 하지만 걱정 마라. 타락이 자네에게 힘을 빌려줄지언정 육체를 잡아먹진 않을 거니까."

"어떻게 확신합니까?"

노승현의 물음에 트로비욘 뮤르는 가볍게 콧방귀를 뀌며 말했다.

"내가 직접 만든 거니까. 인간의 땅에 드워프 굴을 만들 수 있게 도와주는 조건으로 말이다."

그는 자신의 작품에 자부심 가득한 모습으로 팔짱을 낀 채 대답했다.

"그게 정말입니까?"

"맞아."

카토 치츠카는 부정하지 않았다.

"설원 마을에서 당신을 만나서 비약적인 성장을 한 이유가…… 그 때문입니까."

"……."

그러나 노승현의 다음 물음에 그는 아무런 대답도 하지 않았다.

"어째서 우립니까?"

김호성과는 달리 노승현은 적잖이 충격을 받은 모양이었다.

그도 그럴 것이 현실 세계에서도 소실되었다고 알려진 무예도(武藝道)의 유일한 계승자인 그는 뼛속까지 무인이었기 때문이다.

빙결창(氷結槍)을 익힘에 있어서 이곳에서 얻은 깨달음 덕분에 무예를 완성할 수 있었다. 그러나 그동안 스스로 느꼈던 그 자부심이 완벽하게 무너지는 느낌이었다.

"두 사람의 힘이 필요했으니까."

치츠카는 낮은 목소리로 대답했다.

"권좌(權座)에 오르기 위해서 말입니까?"

"아니."

"그럼……?"

무언가 말을 하려던 그는 또다시 입을 다물고 말았다. 그의 반응에 노승현은 차가운 눈빛으로 말했다.

"또 숨기는 겁니까."

그는 바닥에 꽂혀 있는 자신의 창을 뽑고는 뒤돌아섰다.

"카토 치츠카, 당신을 만났을 때 충분히 권좌에 오를 만한 인물이라 생각했습니다. 그런데 당신은 뭔가 다른 생각을 하고 있었나 보군요. 그리고 그게 무엇인지 처음부터 지금까지 단 한 번도 말하지 않은 거군, 동료인 우리에게."

노승현의 눈빛에는 서운함이 가득했다. 하지만 분노는 없었다.

카토 치츠카의 어깨를 스치며 걷던 그가 발걸음을 멈추고 마지막으로 말했다.

"당신은 조금 더 우릴 믿었어야 했습니다."

던전을 나서는 그를 막아서는 사람은 아무도 없었다. 카토 유우나는 지금까지 잘 유지되었던 이들의 관계가 깨어짐에 불안한 눈으로 바라봤다.

"자네는 이걸로 된 건가. 내 생각엔 저 친구에게 뭔가 더 설명을 해야 할 것 같은데."

"괜찮습니다."

"죄책감을 지우라는 것이 아닐세. 사실을 알리라는 것뿐이지. 저 친구 말대로 감추는 것이 꼭 배려는 아닐세."

트로비욘은 그렇게 말하면서도 더 이상 인간의 문제에 관여하지 않으려는 듯 고개를 돌렸다.

"그보단 나나 걱정해야겠군. 정말 드래곤 하트를 복원할 수 있을지……. 정령계와 연결된 차원문을 열 수 있는 인간을 본 것만 해도 충분히 놀랄 일이지만 말이야. 복원을 해 와도 문제야, 문제."

"저기."

골렘의 잔해를 정리하는 트로비욘에게 김호성이 입을 열었다.

"음?"

"한 가지만 물읍시다. 규율이란 건 아마도 시스템을 말하는 것 같은데……. 스킬이나 상태창 같은 거겠지?"

"외지인의 능력을 말하는 거냐? 맞다, 맞다. 그걸 스킬(Skill)이라 부르고 오직 너희만 가지고 있는 특수한 재능이지."

"하지만 결국 수치화가 돼 있다는 건 신이 정한 능력 이상으로는 강해지지 못한다는 말일 테지."

"뭘 묻고 싶은 거지?"

"하지만 그 타락인가 뭔가 하는 걸 얻으면 신이 정한 규율에서 벗어날 수 있다는 말이군?"

김호성의 말에 트로비욘의 눈빛이 살짝 흔들렸다. 아주 잠깐이지만 그가 카토 치츠카를 바라보는 것을 김호성은 놓치지 않았다.

"뭐, 그건 그렇다 치고. 그럼 이건 대답해 줄 수 있습니까?"

"무엇을?"

"균열은 왜 생기는 겁니까?"

김호성의 물음에 트로비욘은 잠시 생각에 잠긴 듯 뜸을 들였다.

"글쎄……. 어쩌면 신도 완벽한 존재는 아닌가 보지."

"그래."

"……!!!"

"……!!!"

그때였다.

스아아아아앙……!!!

공간이 일그러지며 생성된 차원문에서 성큼 걸어 나오는 다리 하나.

그와 동시에 홀 안을 울리는 목소리에 모두가 깜짝 놀라며 고개를 돌렸다.

"어떻게……."

기껏해야 5분도 채 되지 않은 시간이었다. 트로비욘은 믿을 수 없다는 표정으로 눈앞에 나타난 무열을 바라봤다.

"정령계의 시간이 인간계와 다르다는 건 느리게도 빠르게 도 할 수 있다는 말이지. 조금 조정했을 뿐이다. 정령계를 관 장하는 정령왕의 힘이라면 어렵지 않은 일이지. 쓸데없는 낭 비를 하고 싶지 않았거든."

"허……. 이젠 놀랍지도 않는군."

아무렇지 않게 말하는 무열을 보며 트로비욘은 헛웃음을 지었다.

툭―

무열이 품에서 무언가를 꺼내 던졌다. 녹빛 속에 묘한 푸른 색이 감도는 보석을 보자 트로비욘의 눈이 커졌다.

"이, 이건……?!"

드래곤 하트(Dragon Heart)였다. 부서져 더 이상 볼 수 없을 거라고 생각했던 골렘의 코어 보석을 보물처럼 애지중지 두꺼운 손으로 감싸며 그가 말했다.

"행여나 받고 튈 생각은 하지 않는 게 좋을 거다. 드워프의 굴 따위, 대지의 정령왕의 힘으로 막아버릴 수 있으니까. 그렇게 되면 너희는 영원히 빛을 보지 못하게 될 거다."

꿀꺽—

"결정할 시간은 주겠다. 내 밑으로 들어올지 아니면 보석을 두고 떠날지."

"크음……."

무슨 일이 있었던 것인지 트로비욘으로서는 도무지 상상할 수가 없었다.

'부서진 것을 복원한 것도 모자라서 오히려 더 상급의 드래곤 하트를 가져왔다. 도대체 저 인간의 정체가 뭐지?'

충만하게 느껴지는 마력과 함께 강렬한 대지의 속성 아래에 다른 속성의 기운도 느껴졌다.

'이거라면……. 지금까지 만들었던 그 어떤 골렘보다 더 뛰어난 것을 만들 수 있어.'

트로비욘은 빠르게 머리를 굴렸다.

만약 그렇게만 된다면 아이언바르를 침공한 악마족을 몰아내는 것은 물론이거니와 다른 종족과의 싸움에서도 충분히 우위를 점할 수 있음을 확신했다.

'엔더러스를 파괴했다고 자신만만한 모양이로군. 죽었다 깨어나도 모르겠지, 이 보석의 가치가 얼마나 대단한지를.'

그는 보석을 받아 들고서 생각했다.

'네가 대단하다는 건 알지만, 결국 마지막에 승리하는 것은 나다. 지금은 잠시 머리를 숙이지만 언젠가…….'

그때였다. 무열은 트로비욘을 향해 담담한 목소리로 말했다.

"아, 한 가지 전해달라는 말이 있다."

"음?"

"그거, 골렘의 코어. 앞으로는 바위 심장(Stone Heart)이라고 부르라고 하더군."

쿠르르르르……!!

그 순간, 무열의 등 뒤로 거대한 벽이 생성되는 것같이 트로비욘의 얼굴에 그림자가 드리워졌다. 그의 전신에서 뿜어져 나오는 기운이 일순간 드워프 굴 전역에 감돌았다. 지금까지와는 달리 굴 자체가 흔들렸다. 아니, 대지 자체가 흔들리는 것이라고 해야 옳을 것이다.

"……!!!"

짜리몽땅한 드워프의 키로는 도무지 그 끝을 알 수 없을 것 같은 거대한 형상.

"어처구니없는 이름을 붙인다면 가만두지 않겠다던데. 앞으로 너희를 지켜보고 있을 것이다."

이곳이 분명 높이의 제약이 있는 던전 안이라는 것을 알면서도 트로비욘은 당장에라도 짓누를 것 같은 신이 자신을 바라보는 느낌이었다.

꿀꺽─

거대한 눈, 거대한 육체.

모든 것이 압도적인 그 존재는 비록 아우라 속 상상으로 만들어진 것일지라도 실물을 마주하는 것같이 생생했다.

"대…… 대지의 정령왕."

그 모습을 어떻게 잊을 수 있겠는가. 드워프야말로 대지의 가호를 받고 있는 종족이었으니 말이다.

툴썩─

조금 전 자신의 생각을 읽은 걸까. 일말의 배반 따위는 용서하지 않는다는 듯.

"아, 아이언바르의 모든 드워프는……."

트로비욘은 자신을 내려다보는 두 눈에 압도되어 버렸다. 드래곤 하트, 아니, 바위 심장을 받아 든 그는 다리에 힘이 풀려 자신도 모르게 무릎을 꿇었다.

"막튠의 계약자 아래 뭉칠 것을 맹세합니다."

"좋다."

무열은 그런 그의 모습을 바라보며 의미심장한 미소를 지었다.

'이제 하나.'

그는 생각했다.

'내가 바꾼 미래만큼 전생(前生)보다 모든 것이 빠르게 흘러 간다면 나는 락슈무, 너의 생각보다 더욱더 빠르게 전쟁을 준비할 것이다.'

권좌에 오르기도 전에.

무열은 피 한 방울 흘리지 않고 이미 종족 전쟁의 한 귀퉁이를 승리로 장식하고 있었다.

"카토 치츠카."

"왜?"

"네 거점인 설원 마을이라던데. 그건 에레보르를 말하는 건가? 이곳에 오기 전에 들렀던 마을에서 에레보르 역시 예전엔 마을이라고 하던데."

"아니, 그렇지 않다. 에레보르가 이곳인 건 맞지만, 여긴 드워프 굴을 만들기 위한 장소로 썼을 뿐이니까."

드워프 굴 내부 안쪽에 만들어진 공간. 비밀 문을 열고 들어가자 그곳엔 수십 개의 홀로그램 창을 통해 던전 안을 확인할 수 있도록 만들어진 상황실 같은 곳이었다.

탈칵─

무열은 엔더러스를 잡고 나온 보상 상자를 아직 열지 않은 채 탁자 위에 내려놓았다. 약간의 마찰로 인해 노승현이 자리를 비우고 난 지금 우습게도 그곳에 있던 의자의 개수가 딱 들어맞았다.

"앉아. 이야기가 길어질 수도 있으니까."

"……."

카토 남매를 비롯해 모든 사람이 그의 말에 자리에 앉았다.

"하긴, 이곳은 이미 던전화가 진행되었으니까. 마을로 사용할 순 없겠지."

'하지만 그렇기 때문에 가장 안전한 곳이기도 하다. 던전의 관리자만 올 수 있는 이곳은 외부와 완벽하게 단절된 곳이니까.'

무열은 철저하게 벽으로 둘러싸여 있는 방을 둘러보며 말했다.

"너는 정말로 권좌를 노리는 거냐."

"……."

"너의 타락, 그리고 나의 정령. 아무리 생각해도 단순히 권좌를 노리려는 것으로만 보이지 않아서 말이지."

"무슨 말인지 모르겠군."

카토 치츠카의 대답에 무열은 가볍게 웃었다.

"언젠가 얘기할 날이 오겠지. 그 전에 권좌든 무엇이든 나에게 도전한다면 언제든 받아주지."

무열의 말에 치츠카의 표정이 굳어졌다.

"그 전에. 너와 너의 일행이 나의 대화를 듣는 걸 허락해 주겠다. 머리가 좋은 너라면 내가 하는 한 마디, 한 마디 속에 무슨 의미가 담겨 있는지 알겠지."

"뭐라는 거야? 이곳을 만든 게 우린데 허락? 어처구니가 없군."

듣고 있던 김호성이 콧방귀를 뀌며 무열에게 말했다. 그러나 돌아오는 것은 냉소(冷笑).

"드워프 굴의 주인은 드워프뿐이다. 그리고 그 드워프 위에 내가 있다. 또 다른 설명이 필요한가?"

"뭐……?"

"내 말이 틀린가? 트로비욘."

"……네, 맞습니다."

무열의 말에 트로비욘은 정말로 군주를 대하듯 고개를 꺾으며 말했다. 수많은 드워프가 거주하는 아이언바르의 통치자가 세븐 쓰론에 와 이렇게 머리를 조아릴 거라고는 그 누구도 상상하지 못했을 것이다.

"상황이 바뀌었다. 이제부터는 너희들이 이 던전의 외부인이다. 허락 없이 상주할 수 있는 것은 지금뿐이다."

그의 말에 김호성은 인상을 찌푸렸지만 더 이상 반박할 수 없었다.

무열이 고개를 돌려 트로비욘에게 말했다.

"아이언바르가 악마족의 침공을 받았다고 했었지? 이제 네가 설명할 차례군. 그 피해는 얼마나 되고 또 어째서 호위도 없이 왕인 너 혼자 온 이유까지 모두."

"그건……. 아시다시피 골렘을 완성하기 위해서……."

대답을 하면서도 트로비욘의 낯빛은 어두워졌다.

확실히 이상한 점이 있었다. 드워프의 수장이라면 본디 뮤르가(家)에만 전해지는 가전 비법을 습득한 최고의 골렘 마이스터(Golem Meister)라는 것은 사실이다.

바위 심장을 이용한 유일무이한 골렘인 엔더러스의 제조법만 하더라도 뮤르가(家)에서도 오직 한 사람, 트로비욘만 알고 있는 것이기도 했다.

"악마족에게 침공을 받았다는 거……."

꿀꺽―

무열은 감정을 숨긴 차가운 눈빛으로 그에게 말했다.

"거짓말이군."

"……!!"

그의 말에 그곳에 있는 모든 사람이 그를 바라봤다. 악마족의 침공에서 도와주는 조건으로 트로비욘은 인간과의 동맹을 약속하고 추후에 있을 종족 전쟁에서 인류를 돕기로 했다. 하지만 이 모든 것이 처음부터 거짓이었다는 것에 카토 치츠카의 얼굴이 구겨졌다.

'아이언바르가 악마족의 침공을 받아 인간군과 동맹을 맺는 건 사실이다. 하지만 그건 종족 전쟁이 시작된 이후, 악마족과 마족의 결탁으로 인해 생겨나는 전쟁이다.'

아무리 미래가 바뀌었다고 하더라도 악마족 혼자서 아이언바르를 침공했을 리가 없었다.

그 이유인즉, 악마족이 아이언바르를 침공하는 것에 대해 결정을 내리기까지 오랜 시간이 걸렸기 때문이다.

8대 장군의 우두머리가 정해질 때까지 악마군은 이곳과 마찬가지로 혼란스러웠다.

'아쉬케는 아직 악마계를 평정하지 못했을 것이다. 8대 장군의 서열이 모두 결정되고 난 뒤에야 가능한 일이니……'

트로비욘의 말은 거짓말일 수밖에 없었다.

"드워프 굴은 던전이자 동시에 아이언바르와 세븐 쓰론을 연결할 수 있는 통로로도 쓰이지. 종족 전쟁에 대해서 이미 알고 있는 너라면……"

무열이 가볍게 웃었다.

"다른 마음을 품고 온 것이 틀림없겠지."

"아, 아닙니다."

당황스러운 표정으로 트로비욘이 손사래를 치며 말했지만 그의 반응에 그를 믿었던 치츠카의 표정이 굳어질 수밖에 없었다.

"어떻게 생각해?"

"뭐가……?"

"나는 네가 세븐 쓰론에 있는 그 누구보다도 뛰어나다고 생각한다. 어째서 지금까지와는 달리 권좌에 도전하려고 하는 것인지는 모르겠지만……. 드워프의 힘까지 빌리려고 한 건 스스로 다른 결심을 한 거라고 보이는데."

무열의 말에 카토 치츠카는 살짝 의아한 표정으로 물었다.

"지금까지? 마치 과거의 날 아는 것처럼 말하는군. 내가 처음부터 권좌를 원했는지 아닌지 네가 어떻게 알지?"

예리한 그의 질문에 무열은 잠시 입을 다물었다.

"말했잖아? 나는 네가 뛰어나다고 생각한다고. 그랬다면 휀 레이놀즈와 안톤 일리야보다 더 큰 권세를 장악하고 있었을 테니까. 하지만 지금까지도 두각을 나타내지 않고 네가 거점으로 삼은 설원 마을 역시 북부에 있는 작은 마을에 불과하다."

"……."

"그 말은 네가 권좌를 노리는 것이 아니라 종족 전쟁을 대비하고 있었던 것이라고 생각해야겠지. 내 생각이 틀렸나?"

무열은 이렇게 말하면서도 솔직히 놀라지 않을 수 없었다. 단 한 자리를 두고 세븐 쓰론에서 지금 벌어지고 있는 권좌 전쟁(權座戰爭)만으로도 많은 희생이 따른다.

그럼에도 할 수 있는 것은 이 전쟁을 끝으로 다시 살던 세

계로 돌아갈 수 있는 희망. 그 하나만을 바라보고 모든 사람
이 전쟁에 참여하는 것이다.

그리고 그것을 무참히 깨뜨려 버리는 종족 전쟁.

'녀석은 그걸 알게 되고 나서도 섣불리 움직이지 않았다. 권
좌가 중요한 것이 아닌…….'

무열은 카토 치츠카를 향해 말했다.

"타락(墮落)의 힘을 알려준 게 누구지?"

어쩌면 자신과 똑같은 생각을 하고 있는 것일지 모른다.

위험하고 위험한.

"너, 설마 신에게……."

"그만."

그가 무슨 말을 하려고 하는 것인지 안다는 듯 카토 치츠카
는 무열의 말을 잘랐다.

"내가 만났던 괴상한 녀석이 그러더군. 항상 말을 조심해야
한다고."

그 순간, 무열의 눈썹이 씰룩거렸다.

"괴상한 녀석? 혹시 네게 접근한 자의 이름이……."

어쩐지 그냥 지나칠 수 있는 말이었음에도 불구하고 그 속
에서 느껴지는 이질감이 있었다.

"디아고 아닌가?"

"……?!"

"표정을 보니 맞는 것 같군."

스치듯 조우했던 것이지만 알른 자비우스가 있던 비전의 샘에서 그와의 만남이 강렬했기 때문에 기억에서 잊히지 않았다.

'또 다른 의미로 북부 대륙을 장악하고 있는 교단의 주인인 라엘 스탈렌, 그녀를 종처럼 부렸었지.'

휀 레이놀즈가 죽은 시점에서. 레인성을 비롯해서 원래 교단(敎團) 블루로어의 것이었던 땅은 다시 라엘 스탈렌에게로 돌아갈 것이다.

'조태웅이 얼마나 빠르게 움직일지는 모르지만 거리상 목표는 레인성이 될 거다. 하지만 아무리 그라도 성을 빼앗는 건 힘들겠지.'

레인성에는 여전히 휀 레이놀즈의 병력이 있었다. 3대장을 비롯해서 주된 수뇌부가 자리를 비웠다고는 하지만 쉽지 않은 공략일 것이다.

게다가 패배 소식이 들릴 시점에서 라엘 스탈렌은 교단의 기사를 그곳에 배치할 것이다.

청기사단(淸騎士團).

라엘 스탈렌이 만든 교단의 기사단의 단원은 하나같이 특수한 신탁의 힘으로 능력을 발휘한다.

그중에서도 특히.

살만 알 샤르크.

덩굴 언덕에서 리앙제의 목숨을 위태롭게 만들었던 장본인이자 청기사단의 단장인 그가 있는 한 조태웅이라 할지라도 레인성을 함락하긴 어려울 것이다.

'게다가 교단을 통합한 지금이라면 라엘 역시 청기사로 전직했을 테고. 그렇게 되면 공략의 난이도는 몇 배로 더 어려워지지.'

오직 교단의 교주만이 쓸 수 있는 3개의 능력 중 마지막인 '뒤틀린 권능'.

죽임을 당했을 때 신의 은총으로 다시 되살아날 수 있는 힘.

그 능력을 파훼할 수 있는 방법을 알지 못한다면 영원히 그녀를 죽일 수 없을 것이다.

'성을 빼앗지 못하더라도 라엘 스탈렌의 힘을 최대한 뺄 수만 있다면 조태웅은 자신의 몫을 다한 것이지. 그자가 아무런 이윤도 없이 움직일 리 없지만, 다행히 그곳엔 이정진이 있거든.'

조태웅에게 있어서 이윤보다 더 중요한 것은 복수니까.

'더불어서 블루로어의 힘만 약화시킬 수 있다면 좋다. 디아고와 라엘 스탈렌의 관계.'

신의 대리자라 불리는 반신(半神).

신을 따르는 광신도의 교주.

생각만 해도 골치 아픈 녀석들이 아닐 수 없었으니까.

하지만 무열은 카토 치츠카의 이야기를 들으며 불현듯 떠

오르는 의문이 있었다.

'어째서 디아고는 치츠카에게 타락(墮落)에 대해서 알려준 걸까?'

신이 창조한 세상, 각각의 차원이 탄생하면서 생겨난 반작용으로 인한 균열. 그 안에서 태어난 타락은 말 그대로 신의 힘에 반하는 것이다.

'그 이야기는 곧 신에게 타격을 줄 수 있는 유일무이한 힘이 바로 균열의 힘이라는 것이겠지.'

하지만 균열에서 생겨난 타락은 그것을 사용하는 자에게도 그만큼의 위험을 준다. 그렇기 때문에 사용하지 않는 것.

한때 신에게 반기를 들었던 쿤겐이 봉인된 이유도 그와 비슷한 맥락이었고 쿤겐 이후 나머지 정령왕 역시 위험하다는 판단에 균열의 속성을 가진 그들을 모두 무구에 가둔 것이다.

'그런 위험한 힘을 어째서……'

신의 대리자인 디아고가 신을 죽일 수 있는 힘을 카토 치츠카에게 알려준 것일까.

'이상하군.'

그 순간, 무열은 저번에 쿤겐이 했던 말이 떠올랐다.

[반신(半神), 데미갓(Demigod)은 신의 피를 이어받은 육체를 가진 자. 그렇기 때문에 자신을 태어나게 해준 주신에게 절대로 거역할

수 없다. 그러나 디아고라는 녀석은 달랐다.]

'하나 이상의 신력이 느껴진다고 했었지.'

그로 인하여 만약 디아고가 신에게 반발하는 감정을 가지고 있다는 것이라면…….

확실한 것은 없다.

그러나 지금까지의 정황상 혹시나 하는 하나의 가설이 무열의 머릿속에 떠올랐기 때문이다.

만에 하나.

정말 그만의 '만에 하나'의 가능성.

'디아고가 가진 또 다른 신력. 그리고 그게 타락에 의한 것이라면…….'

무열의 눈빛이 빛났다. 지금까지 종족 전쟁을 준비하면서도 그의 목적은 그 이상이었으나 확실한 방향성을 찾지 못했었다.

인류를 마음대로 징집하고 마치 놀이를 하듯 세븐 쓰론에 가둔 락슈무에게 검을 드리울 수 있는 방법.

"일이 재밌게 흘러가는군."

무열은 나지막한 목소리로 중얼거렸다.

신이 만든 규율에서 벗어나는 길. 그 길이 흐릿하지만 보이기 시작하는 기분이었다.

'녀석을 이용할 수 있을지도 모른다.'

74장
블레이더(Blader)

"흐음……."

드워프 굴에서의 대화를 끝으로 카토 치츠카는 자신의 거점이라 할 수 있는 설원 마을에 무열을 초대했다.

설원 마을 사람은 소수였지만 한 명, 한 명이 잘 단련된 전사였다.

'감시는 셋인가. 뭐, 어느 정도는 들킬 걸 알면서 하는 일이겠지만.'

무열은 자신의 숙소 주위에 은신하고 있는 존재의 기척을 살폈다.

세븐 쓰론 최고 암살 단체라 할 수 있는 진아륜의 갈까마귀들과 견주어 봐도 손색이 없을 정도.

'잘 훈련되었군.'

그것만으로도 이곳 병사의 수준을 가늠할 수 있었다.

탈칵–

탁자에 마련해 놓은 차를 마시면서 기다리던 무열이 천천히 고개를 들었다. 열린 문 사이로 차가운 냉기가 방 안을 스치고 지나감과 동시에 문 앞에는 의외의 사람이 서 있었다.

"무슨 생각으로 여기까지 오셨죠?"

"눈빛이 달라졌군. 그때의 아무것도 모르는 여린 아이가 아닌 걸 보니 꽤 많은 일이 있었나 보군."

"……."

"대화를 하고 싶은 거라면 일단 들어오지? 기껏 데워놓은 방이 식어버리니까."

카토 유우나가 직접 무열을 만나러 찾아온 것은 처음이었다.

아니, 정확히 말하면 던전에서 만난 이래로 서로 대화하는 것은 처음일 것이다.

"너도 봤을 텐데? 내가 온 게 아니라 네 오빠가 날 초대한 것뿐이다."

"이곳이 적진이라고 생각해 본 적은 없나요?"

"너희가 날 죽일 수 있을 거라 생각했다면 오지 않았겠지."

"죽이지 못할 거란 말인가요?"

무열은 그녀의 물음에 대답 대신 낮은 웃음을 지어 보였다.

"죽일 마음이라도 먹을 수 있을까?"

빠득—

가차 없는 그의 말에 카토 유우나는 이를 악물었다.

"카토 치츠카와는 할 이야기가 있어도 너와는 할 얘기가 없다. 그만 가 봐라."

"……."

인상을 찡그리며 카토 유우나는 뭔가 더 할 말이 있는 듯 억울한 얼굴이었지만 더 이상 말을 잇지 못했다.

탁—

'녀석이 나에게 자신의 거점을 보여주는 이유는 뭘까. 무슨 말을 하고 싶은 걸까.'

"설마……."

무열을 흘겨보고 난 그녀가 문고리를 돌리려는 순간, 카토 유우나를 향해 낮은 한숨을 내쉬며 그가 말했다.

"그렇게 되는 거였나?"

그의 목소리에 카토 유우나가 멈칫거렸다. 그녀를 바라보며 천천히 고개를 끄덕인 무열이 말했다.

"카토 유우나, 네가 히든 이터(Hidden Eater)의 이름을 물려받고자 한다면 자신을 더욱 갈고닦아야 할 거다. 네 오빠의 몫까지."

"그게 무슨……."

카토 유우나의 손목에 달려 있는 팔찌를 바라보며 그는 낮은 목소리로 말했다.

타락(墮落).

위험한 힘이지만 필요한 힘이기도 한 것.

어째서 카토 치츠카가 전생에서 이름을 알리지 못했는지 이유를 조금은 알 것 같았다. 아닐 수도 있지만, 완벽하게 아니라고 배제할 수도 없는 일.

"그 녀석에게 주어진 시간. 그다지 길지 않을지도 모르니까."

그 이상 해줄 수 있는 말이 없다는 듯, 무열은 그녀를 향해 가 보라는 것처럼 손을 저었다.

다음 날.

"으흠……. 확실히 이건 아이언바르에서 만들어진 게 맞습니다."

동이 트자마자 설원 마을을 나온 무열은 골렘 제작에 열을 올리고 있는 드워프 굴의 트로비욘에게 검의 여행자를 보여주었다.

오랫동안 살피던 그는 손잡이에 있는 문양을 보여주며 말했다.

"드워프는 자신이 만든 모든 것에 가문의 문장을 새겨 넣습니다. 그게 명예이자 의무라고 생각하기 때문이죠."

"그래서?"

"하지만 이 문양, 지금은 없는 가문의 문양입니다."

"음?"

트로비욘은 손잡이에 있는 부러진 검 모양의 세공을 무열에게 보여주었다.

"정확히는 가문이라기보다 단체라고 해야 옳을 겁니다. 제가 기억하기로 몇몇의 드워프가 모여 만든 것이니까요."

"어떤 드워프지? 아직 생존해 있는 자가 있나?"

"그게…… 오래전이라. 백여 년 전에 다른 무구는 거들떠보지도 않고 오직 순수하게 검만을 만들던 이상한 드워프들이 있었습니다. 가장 강력한 검을 만들기 위해서라면 어떤 것도 받아들일 수 있을 정도로 괴짜기도 했고요."

"어떤 것도라면?"

트로비욘은 부러진 검 모양의 마크 옆에 새겨져 있는 또 다른 문양을 보였다.

"이건 엘프의 문장입니다. 잘린 잎사귀 안쪽에 눈동자가 그려져 있는 건…… 엘븐하임 7가문 중에 하나인 티누비엘가(家)일 겁니다."

"드워프와 엘프가 손을 잡았었단 말이야?"

"정황상으로 그렇게 생각됩니다. 수백 년간 관계가 좋지 않은 두 종족이지만 어디에나 특이한 자는 있는 법이니까요. 불가능한 일은 아닙니다."

무열은 트로비욘의 말에 눈을 가늘게 떴다.

'이강호가 완성한 검의 구도자. 그건 퀘스트를 통해 자연스럽게 얻게 되는 것이었다. 하지만 그는 종족 전쟁이 시작되기 전에 이걸 완성했었다.'

그 당시에 대부분의 사람은 다른 차원의 종족에 대해서 가늠하지 못했었다.

종족 전쟁이 있을 것이라는 것조차 몰랐으니까.

'어쩌면 지금처럼 이강호를 비롯해서 인간군의 강자는 다른 차원에 대해서 알고 있을 순 있다 하더라도 직접적으로 연결되었다고 보긴 힘들다.'

드워프와 엘프.

그들의 합작품이라 할 수 있는 이 검의 끝을 알기 위해서 결국 그 두 종족과의 접점은 필수적인 일이었다.

하지만 그런 존재를 알지 못한 상황에서 그는 퀘스트를 완성하고 검의 구도자를 만들었다.

그때였다. 불현듯 무열의 뇌리를 스치고 지나가는 하나의 생각. '어째서 지금까지 이런 의심을 가져 보지 않았을까'에 대한 또 다른 의문.

'이강호가 완성한 검의 구도자가 정말 인간계 최강의 무구

일까?'

분명, 퀘스트는 존재한다.

그리고 메시지창에 쓰여 있는 대로 검을 완성할 수 있을 것이다. 하지만 퀘스트는 언제나 변할 수 있으며 그에 따른 보상 역시 달라진다. 이미 그것을 남부 경기장에서 겪어보지 않았던가.

'아니…… 검의 구도자가 이 검의 끝이 맞긴 한 걸까.'

무열은 검을 들어 바라보았다.

어떻게 만들어졌는지 그 시작을 알 수 없는 이 검은 북부 7왕국의 맹약에 사용되기도 했다.

드워프, 엘프뿐만 아니라…… 이 검에 얽혀 있는 하나의 종족이 더 있다는 말.

"음?"

무열이 검을 살피던 도중에 살짝 고개를 꺾으며 손잡이의 밑을 바라봤다. 그 순간 그의 눈썹이 씰룩거렸다.

"트로비욘."

"네."

"이건 어디 문양이지?"

드워프와 엘프의 문양이 새겨져 있는 손잡이의 옆면이 아닌 아랫부분. 그저 세공된 장식이라고 생각하며 놓칠 수 있었던 또 하나의 문양을 무열이 찾았다.

"글쎄요……. 이건 처음 보는 것이로군요."

하지만 트로비욘조차 알지 못하는 것인 듯 그는 고개를 갸웃거렸다.

"긴 탑 모양의 문장을 가진 가문은 제가 아는 한 없습니다."

문양의 모양은 다른 것과 달리 기묘했다. 기다란 탑은 무늬임에도 불구하고 웅장해 보였고 그 끝을 알 수 없을 정도로 크게 느껴졌다.

"……."

무열은 그의 말을 들으며 말했다.

"드워프와 엘프 중에 이런 문장을 가진 가문이 없다는 말이지?"

"아니, 모든 종족을 포함해서입니다. 문장을 쓰는 건 엘프와 드워프, 그리고 인간과 마족. 이렇게 네 종족뿐입니다. 악마족과 네피림은 가문의 개념이 없으니까요."

트로비욘은 손잡이 밑에 있는 문양을 손가락으로 만지며 말했다.

"하지만 이 네 종족 중에 그 누구도 탑을 새긴 가문은 없습니다."

"그래?"

무열은 단호한 그의 대답에 살짝 인상을 찡그렸다.

'내 예상이 틀린 걸까. 이 검이 세븐 쓰론에 있다는 것은 만

들어지는 과정에서 드워프와 엘프뿐만 아니라 인간 역시 개입되었을 거라 생각했는데…….'

생각에 빠진 그와는 달리 트로비욘은 손잡이 아래에 있는 문양을 바라보며 감탄했다.

"그건 그렇고 정말 정교한 문양이군요. 다른 것과 비교할 수 없을 정도입니다. 마치…… 이 안에 설명하기 어려운 힘이 담겨 있는 것처럼."

"힘?"

"네, 지금은 사라졌지만 과거에 몇몇 가문은 자신의 문장에 특수한 마법을 걸거나 주술적인 힘을 담기도 했다고 합니다. 저희 뮤르가(家) 역시 망치가 그려진 문장 속에 힘을 담습니다."

트로비욘은 탑의 문양에 눈을 떼지 못한 채 바라보다가 이내 곧 가볍게 웃었다.

"물론, 단순한 의식에 불과하지만요. 딱히 특별한 마법이 들어가 있는 것은 아닙니다. 그런 단순한 것보다 더 큰…… 뭔가가 있을 것 같은 느낌이지만 늙은이의 착각일 수도 있지요."

그는 검을 다시 무열에게 건넸다.

"더 물어보실 것이 있으십니까?"

"아니, 괜찮다."

"그럼 저는 이만 엔더러스의 보수를 위해 가 보도록 하겠습니다."

트로비욘이 자리에서 일어섰다.

"내가 자리를 비운 동안 만약 골렘이 완성된다면 그걸 가지고 상아탑으로 가도록 해라."

"상아탑이라면…… 북부의 끝에 있는 마법사들의 탑 말입니까?"

"그래, 그곳에 있는 지옹 슈에게 네가 만든 골렘을 보이도록 해. 아마…… 또 다른 변화를 얻을 수 있을지 모르니까."

"지옹 슈라……. 알겠습니다."

"쓸데없는 생각은 하지 않는 게 좋을 거야."

무열의 으름장에 트로비욘은 어색한 웃음을 지었다.

"이미 정령의 서약을 하지 않았습니까. 그것도 거암군주의 주관하에 이루어진 서약입니다. 드워프에게 있어서 그보다 더 절대적인 건 없습니다."

그의 대답에 무열은 고개를 끄덕였다.

"장담하건데 그 아이는 대륙에서 가장 뛰어난 공학자이자 연금술사다. 어리다고 무시해서는 큰코다칠 거야."

"허허……. 그토록 칭찬을 아끼지 않는 공학자라면 드워프로서 한번 만나보고 싶군요."

'지옹 슈가 아티스 카레쉬에게 배운 연금술과 트로비욘의 골렘 제조술까지 습득하게 된다면, 그 이후가 기대되는군.'

언젠가 찾아올 종족 전쟁을 대비한 카드. 전생(前生)에는 없었던 새로운 군단을 만들기 위한 무열의 준비였다.

"그런데 저도 궁금하군요. 정말 이 문양의 주인이 누구인지."

무열 역시 그의 말에 동의하는 듯 천천히 고개를 끄덕였다.

"그럼 전 이만……."

트로비욘이 일어나 문을 열려는 순간, 무열이 그에게 마지막으로 말을 걸었다.

"잠깐, 혹시 이 검을 만들었다는 그 드워프 단체라는 거. 이름이 뭔지 아나?"

그의 물음에 트로비욘이 고개를 돌리며 나지막한 목소리로 말했다.

"블레이더(Blader)."

쿵─

그 순간, 알 수 없는 울림이 무열의 가슴을 때렸다.

"혹시…… 아직 아이언바르에 단체를 알고 있는 사람이 남아 있진 않을까?"

"글쎄요. 워낙 비밀리에 만들어졌던 단체기도 하고……. 아이언바르에서 그곳에 참여했던 드워프는 오래전에 모두 사라진지라……. 솔직히 이 검이 세븐 쓰론에 남아 있다는 것만으로도 놀라운 일입니다."

"그런가……."

트로비욘은 무열의 말에 살짝 고개를 저었다.

"아……!"

그때였다.

그가 손가락을 튕기며 기억난 듯 말했다.

"혹시 그 여자라면 알 수 있을지도 모르겠습니다."

"누구?"

하지만 말을 하자마자 떠올리는 대상이 그다지 좋은 관계가 아닌 듯 낯빛이 썩 좋지만은 않았다.

"아이언바르의 블레이더는 종적을 감춘 지 오래이지만 이들과 함께 이 검을 만든 다른 종족은 아직 살아 있으니까요."

무열은 그 말에 트로비욘의 표정이 왜 좋지 않았는가를 알 수 있었다.

"엘븐하임 7가문 중 하나인 티누비엘가(家)의 수장이자 엘프를 이끄는 여제(女帝)."

"퓌렐 갈라드 티누비엘."

"……!!?"

트로비욘이 말하기도 전에 먼저 무열의 입에서 그녀의 이름이 나오자 그는 깜짝 놀라며 고개를 들었다.

"어떻게……?"

놀라는 것이 당연한 반응이었다.

'바보 같군. 티누비엘가(家)를 들었을 때 어째서 기억을 떠올리지 못했을까.'

바로, 엘프의 여왕이 있는 가문이었으니 말이다.

'그리고 지금 세븐 쓰론엔 엘프가 이미 들어와 움직이고 있다고 했다.'

무열은 천천히 입꼬리를 올리며 낮은 목소리로 말했다.

"다음 행선지는 정해졌군."

"좋아, 가 볼까."

짐을 챙긴 무열이 방을 나섰다. 문을 여는 순간, 차가운 아침 공기가 그의 코끝을 스쳤다.

"음?"

마을 입구에 낯익은 얼굴이 보였다.

"아무도 없을 거라고 생각했는데 웬일이지? 게다가 너희는 카토 치츠카와 함께 있을 거라고 생각했는데 말이야."

무열을 기다리고 있는 사람은 다름 아닌 김호성과 노승현이었다.

"며칠 밤낮을 아무리 생각해도 나는 이해가 가지 않거든."

먼저 말을 꺼낸 건 김호성이었다. 배웅 같은 다정한 모습을 기대하진 않았지만 도발적인 그의 모습에 무열은 가볍게 웃었다.

"뭐가?"

"대장이 널 이곳에 데려온 이유. 여길 발견하기까지 우리가 꽤나 고생을 했는데 말이야. 그런데 아무렇지 않게 비밀 장소를 보여준다는 게 말이 안 되잖아?"

김호성은 차크람을 잡고서 말했다.

"그리고 더 이해 안 되는 건, 그 뒤에 둘 다 아무것도 하지 않는다는 거지. 도대체 무슨 생각이지?"

"글쎄. 아무것도 하지 않은 건 아닌데? 나는 너희들의 던전을 빼앗고 아이언바르의 왕까지 내 밑으로 만들었다. 생각보다 내가 너희들에게 가져간 게 많지 않나?"

의미심장한 무열의 웃음에 김호성은 할 말을 잃은 얼굴이었다.

치이이익…….

북부의 냉기 때문에 그가 쥐고 있는 차크람의 날에서는 계속해서 새하얀 수증기가 흘러나왔다.

"그럼…… 너, 어째서 이걸 빼앗지 않지?"

막툰과 계약하고 돌아왔을 때 김호성은 직감했다. 불타는 징벌의 사용자로서 그 역시 그 안에 정령왕의 힘이 봉인되어 있음을 안다. 그리고 그 힘이 언제라도 무열에게 갈 수 있다는 사실 또한.

무열은 그 말에 피식 웃었다.

"뺏어주길 바라는 건가?"

"……뭐?"

"처음엔 그랬지. 정확히 말하면 네 차크람을 빼앗는 것이 아니라 그 안에 봉인되어 있는 폭염왕(暴炎王)을 해방시키려는 것뿐이었다."

"그런데?"

"마음이 바뀌었다."

"이유가 뭐지?"

"그거까지 내가 너에게 알려줄 필요는 없지. 하지만 적어도 지금은 네가 그 힘을 가지고 있는 게 더 낫다고 생각했을 뿐이다."

김호성은 무열을 바라보며 날카롭게 물었다.

"언젠가는 빼앗겠다는 말이군."

"빼앗기기 싫으면 막을 수 있을 만큼 실력을 키우든가."

"큭……!!"

한 마디도 지지 않는 무열을 향해 김호성은 인상을 찡그렸다.

그러나 그런 그와는 달리 귀찮다는 듯 다시금 걸음을 옮기며 무열이 말했다.

"할 말 끝났으면 비켜라. 여기서 이렇게 있을 시간에 카토 치츠카나 도와. 나보다 그 녀석이 더 널 필요로 할 테니까."

정령계에서 돌아오며 무열은 불타는 징벌에 봉인되어 있는 라미느까지 얻음으로써 행방불명인 광풍 사미아드를 제외한 나머지 원소계 정령왕을 모두 자신의 것으로 만들려고 했다.

분명.

흔치 않은 기회다.

그럼에도 불구하고 그가 라미느를 정령 무구에서 해방시키는 것을 보류한 가장 큰 이유는 바로 카토 치츠카의 타락(墮落) 때문이었다.

'이번 생에는 아직 그 힘에 대해서 알려진 바가 없지만 전생(前生)에서 타락을 쓴 사람이 있었다.'

그렇기 때문에 무열은 그 힘이 얼마나 위험한지 알고 있었고, 만일의 경우를 대비해서 맞서 싸울 수 있도록 타락과 마찬가지로 균열에서 태어난 힘을 카토 치츠카의 곁에 둬야겠다고 생각했다.

그리고 그 답이 폭염왕의 힘이 봉인되어 있는 김호성의 차크람이었다.

'부디 그런 일이 생기지 않기를 바라지만.'

세븐 쓰론에서는 무슨 일이 어떻게 벌어질지 아무도 모르는 일이었기 때문이다.

'그리고 카토 유우나 역시 쓸데없는 생각을 가지지 않았으면 좋겠고.'

전생(前生)의 행보와 분명 달라졌음에도 불구하고 히든 이터

(Hidden Eater)라는 이명으로 불렸던 그녀는 때때로 이해할 수 없는 행동을 했었다.

던전을 공략하는 것은 물론이거니와 인간의 접근을 금하는 장소에 서슴없이 들어가기까지.

'지금 생각해 보면 그 모든 게 카토 치츠카 때문일지 모른다.'

던전을 공략하는 것은 보상을 얻기 위함.

권좌와는 거리가 멀었던 그녀가 어째서 그토록 던전에 집착했는지…….

'타락(墮落)은 생명을 갉아먹는다.'

김호성과 노승현의 얼굴은 여전히 생기가 넘쳤다. 무열은 그 이유를 쉽게 찾을 수 있었다.

'계약자는 카토 치츠카 한 명뿐일 테니까. 그 녀석이 그 대가를 모두 짊어지고 있겠지.'

그 사실을 알릴까, 고민했지만 오히려 트로비욘의 말을 막던 그의 모습에 무열은 함구했다.

"나한테 하고 싶은 말이 있나?"

무열은 김호성의 옆에 서 있는 노승현을 바라봤다.

"……."

"고민하고 있는 눈치인데. 그런 건 사람을 앞에 두고 하지 말아야지."

귀찮은 듯 그를 지나쳐 걸어가던 무열을 향해 노승현이 황급히 말했다.

"저도 함께 갈 수 없습니까?"

"……뭐?"

"동행하고 싶습니다."

결국 내질렀다는 표정으로 김호성이 노승현의 뒷모습을 바라보며 고개를 저었다.

"카토 치츠카의 사람이라고 알고 있는데. 아닌가?"

대답은 없었다.

그렇게 몇 분은 가만히 서서 눈을 마주하던 무열은 가벼운 한숨을 내쉬며 말했다.

"원한다면 따라와도 좋다. 너는 아무리 입으로 설명해도 믿지 않는 타입인 것 같으니까. 스스로 찾아봐라."

노승현은 머뭇거리다가 힘겹게 입을 열었다.

"무예도는 오직 무(武)를 숭배하는 곳입니다. 비록 마지막 계승자이지만 그 뜻을 따르고자 합니다."

"시대착오적 발상이군."

"지금 같은 시대엔 가장 잘 부합할지도 모르죠."

무열은 노승현의 말에 가볍게 코웃음을 쳤다.

"그래서 선택한 게 카토 치츠카가 아니라 나라는 말인가?"

"선택이라기보다 좀 더 확인하고 싶습니다. 당신 말대로 보지 않고서는 납득할 수 없으니까."

"뭐, 나쁘지 않군. 그 녀석보다 날 우위에 두고 있다는 말이기도 하니까."

천천히 고개를 끄덕이는 모습에서 노승현은 알 수 없는 위압감을 느꼈다.

"하지만 강하다고 해서 훌륭한 군주가 될 수 있다는 게 아닌 걸 알겠지. 넌 어쩌면 위험한 자가 권좌에 오르게 돕는 걸지도 모른다."

"상관없습니다. 제가 바라는 것은 권좌의 주인이 누구인가가 아닌 무의 끝이 어딘가니까요. 그리고…… 그 끝을 보여줄 자를 제가 뛰어넘을 수 있는가 하는 것."

"네가 날? 훗……. 다른 의미로 또 다른 적이 될 수도 있다는 말인데. 재밌군."

무열은 웃으면서도 생각했다.

'뭐…… 애초에 김호성과 노승현을 내 아래에 두고 싶었으니까. 하지만 당분간 불편하겠어. 저런 외골수 같은 성격이 다루기 가장 까다롭거든.'

그는 아직 노승현의 마음속에 자신이 완벽하게 자리 잡고 있지 않다는 것을 안다. 어쩌면 카토 치츠카에 대한 투정일지도 모른다. 무뚝뚝해 보이지만 감정 표현에 있어서 김호성보다 그가 더 서툴지 모른다.

'나중에 자신의 타락까지 카토 치츠카가 짊어지고 있다는

사실을 알게 되면…… 어쩌면 그에게 돌아갈지도 모르지.'

하지만 상관없다. 만약 사실을 알게 되었을 땐…… 카토 치츠카는 권좌를 노릴 수 있는 라이벌이 아닐 테니까.

"좋다. 따라와라."

[크르르르르르……!!!!]

날카로운 울음소리와 함께 화염 기둥이 솟아나며 그 안에서 플레임 서펀트가 모습을 드러냈다.

치이이익……!!

불꽃의 갈기 위로 떨어지는 눈이 귀찮은 듯 녀석은 몇 번 머리를 가로저었다.

"라미느의 차크람이 곁에 있어서 그런지 서펀트의 불꽃도 더 강해진 느낌인걸."

무열은 김호성을 바라보며 장난 가득한 표정으로 말했다.

"잘 가지고 있어라. 누구에게도 빼앗기지 말고."

"흥……. 쉽게 빼앗기지 않는다."

"그래야지. 한편으로는 기대하고 있다고. 네가 좀 더 차크람을 잘 다룰 수 있기를 말이야."

원래대로라면 그는 이강호의 두 번째 제자. 게다가 무예로 따진다면 3거점에서 한쪽 팔을 잃었던 첫 번째 제자인 강찬석보다 더 위였다.

제자들 중에 실질적인 최강자(最强者).

'그렇기 때문에 넌 더 강해질 수 있다. 그리고 강해져야 한다. 비록 지금은 이강호가 없지만 그 대신에 넌 타락의 힘을 받고 있으니까.'

카토 치츠카라는 변수로 얻게 된 힘. 거기에 대륙에 하나뿐인 폭염왕의 정령 무구를 가진 사람이니까.

'서둘러라. 카토 치츠카의 생명이 다하기 전에 자신의 한계까지 말이야.'

무열은 말없이 서펀트의 머리 위에 올라탔다. 노승현이 따라서 그 위로 오르자 그는 가볍게 손으로 서펀트의 머리를 툭 치며 말했다.

"출발한다."

"꼭 이런 걸 써야 합니까?"

노승현은 얼굴을 완전히 가린 머플러가 귀찮은 듯 만지면서 무열에게 말했다.

"왜? 재밌잖아. 잠입한 느낌도 나고 말이야."

"……."

아무렇지 않은 그의 대화에 노승현은 말문이 막힌 표정을 지었다.

"자자……!! 서부에서 직송한 과일입니다!"

"오늘만 특별히 세일!! 재고가 얼마 남지 않았습니다!!"

"오세요!! 오세요!!"

여기저기에서 들리는 시장 사람들의 목소리. 중원인 타투르에서 전쟁이 언제 일어났었냐는 듯 시장은 북적거렸다. 레인성에서 수십 킬로 떨어진 동부 끝자락에 있는 작은 성은 그 크기와 달리 수많은 사람이 오가고 있었다.

'타투르에 비해도 손색이 없을 정도로군. 생각보다 수완이 있는걸.'

무열은 그 모습을 바라보며 생각했다. 왠지 장사치들과 그녀가 같은 곳에 있는 모습이 상상이 가지 않았기 때문이다.

'라엘 스탈렌.'

북부에서 근 한 달을 소모하여 돌아온 이곳은 놀랍게도 교단의 본거지라 할 수 있는 성도(聖都), 위그(Ygg)였기 때문이다.

아이러니하게도 전생(前生)에서 같은 인간이면서 인간의 적이 되었던 광신도 블루로어의 거점.

무열과 노승현은 그 한가운데에 직접 들어온 것이다.

"걱정 마. 우리가 상대할 건 그 미치광이들이 아니니까."

언젠가는 처리해야 할 자들이었지만 적어도 지금은 아니다.

'칸 라흐만의 말에 의하면 라엘 스탈렌이 엘프와 손을 잡았다고 했다. 그렇다면 엘프에 대한 정보를 얻기 위해서는 이곳

만큼 확실한 곳도 없지.'

하지만 무열은 직접 블루로어에 잠입할 생각은 없었다. 그보다 더 안전하고 확실한 방법이 있기 때문이다.

끼이이익…….

복잡한 시장 골목을 몇 번이나 꺾어 들어간 무열은 불빛도 없는 좁은 길에 늘어져 있는 나무 문 중 하나의 손잡이를 잡아당겼다.

털컥.

문이 열리는 것 같더니 이내 곧 뭔가에 걸린 듯 닫혔다.

무열은 문고리를 놓고서 다시 한번 문을 잡아당겼다. 다시 한번 문이 걸리고 난 뒤, 그는 마치 시간을 재는 것처럼 천천히 호흡을 내뱉었다.

쿵.

그리고 다음에는 문을 잡아당기는 것이 아니라 반대로 밀었다.

언뜻 보기에는 똑같이 흔들리는 것 같지만 앞과 뒤가 바뀌는 충돌이 끝남과 동시에 나무 문 위에 있는 가림판이 밀리며 그 안에서 무열을 바라보는 눈동자가 나타났다.

"무슨 일이지?"

낮은 중저음의 목소리가 경계하듯 들렸다. 그러자 무열은 자신의 얼굴을 가린 머플러를 잡아 그에게 보이며 말했다.

흰색의 머플러를 보자 문 안의 눈이 흔들렸다.

끼이익—

잠겨 있던 문이 열렸다. 무열은 뒤에 서 있던 노승현에게 마치 보라는 듯 얼굴을 가렸던 머플러의 끝을 가볍게 흔들었다.

'역시…… 이미 시작했군.'

마음속으로 쾌재를 불렀다. 언뜻 들었던 일화였기 때문에 긴가민가했지만 다행히 과거의 기억이 틀리지 않았다.

'등잔 밑이 어둡다는 말이 있지. 라엘 스탈렌이 뒤틀린 권능을 얻고 난 뒤, 권좌에 오르려는 이강호를 막는 그녀의 교단은 인간군에게 가장 큰 적이 되었었다. 그런 그녀의 파훼법을 밝혀낸 자가 처음부터 교단이 있던 성도에서 그녀를 지켜봤을 줄은 아무도 몰랐었지.'

아마도 그는 누구보다 먼저 라엘 스탈렌의 위험성을 알아차렸을지도 모른다.

대륙 최고의 정보 단체.

진아룬과 함께 이클립스(Eclipse)를 창설하고 이끌었던 남자.

바이칼 가르나드.

"그 암호는 클랜원만 알고 있는 건데……. 당신은 처음 보는군. 아니, 처음 만난다고 해야 하나."

좁은 방 안에 탁자에 턱을 괴고 있는 한 남자가 나지막한 소리로 말했다.

"강무열."

언제부터였을까. 성에 들어올 때부터? 아니면 이전 마을에서 머플러를 살 때부터?

이미 알고 있다는 듯 말하는 그의 목소리에 무열은 머플러를 풀며 그 속에 감춘 만족스러운 웃음을 보였다.

"역시…… 기대를 저버리지 않는군."

"내가 어째서 강무열이라고 생각하지?"

"그냥. 처음에는 추측이었어. 강무열의 권세가 북부 7왕국을 모두 장악하고 휀 레이놀즈와 안톤 일리야에게까지 모두 승리했다는 소식을 들었거든."

어두운 건물 안. 외진 골목길에 나 있는 작은 나무 문치고는 그 내부가 꽤 넓었다.

"하지만 조금 전에 확신하게 됐지."

"그래?"

"방금, 당신 스스로 한 질문에."

"훗……."

무열은 그의 말에 가볍게 웃었다.

"역시. 눈썰미가 좋군, 바이칼 가르나드."

"……."

자신의 이름이 호명되자 조금 전까지 미소를 띠고 있던 그의 표정이 굳어졌다.

"그 복장도 그렇고 내 이름을 아는 사람도 흔치 않은데……. 아무리 그래도 영업장의 암호를 이렇게 쉽게 알고 있다니. 허무한걸."

"세상에 완벽한 비밀이란 없는 법이니까."

무열은 아무렇지 않게 얘기했다. 그의 정체와 전생과 똑같은 암호를 쓰고 있다는 걸 알지 못했더라면 이렇게 배짱 있게 말하지 못했을 것이다.

"의뢰할 것이 있다."

"라엘 스탈렌. 그녀에 대한 것이겠지."

"그렇다."

아무런 정보도 없었다. 무열은 마음속으로 새삼 놀라지 않을 수 없었다.

"권좌에 오르려는 자에게 있어서 실질적으로 이제 남은 적이라고 해봐야 그녀뿐일 테니까."

전국(全局)의 판을 보고 있는 건 단순히 참가자에 국한된 일이 아니었다.

이미 그 누구보다도 명확하게 바이칼 가르나드는 대륙을 꿰뚫고 있었다.

"잘 아는군."

"하지만 괜찮겠어? 아직 해결해야 할 일이 더 있을 텐데? 알라이즈 크리드가 어째서 휀 레이놀즈의 권세와 함께 처음부터 당신을 치지 않았다고 생각해?"

"……."

"내가 정보를 팔았거든. 지금으로서는 이길 수 없는 이유를 납득시킬 수 있을 만큼. 솔직히 휀이 거기서 죽을 줄은 몰랐지만 말이야. 안톤 일리야로 인해 당신의 권세가 약해졌을 때를 노리라고 말이야."

"어째서지?"

"그의 주변엔 아직 공략하지 않은 부족들과 용족을 통합한 정민지라는 변수가 있으니까."

"그 정도로 나를 상대할 수 있을 거라 생각하나?"

자신감 있게 밀어붙이는 무열의 말에 바이칼 가르나드는 예상했다는 듯 고개를 끄덕였다.

"물론 아니지."

그는 팔짱을 낀 채로 의자에 몸을 젖혔다.

"뭐, 그 당시엔 힘의 균형을 맞추는 게 더 중요하다고 생각했으니까. 알라이즈 크리드. 그는 보험이었거든."

"보험?"

"그래, 휀 레이놀즈와 함께 그 남자는 확실히 현실로 돌아가고자 하는 목적이 있었으니까."

현실(現實).

너무나 오랜만에 들어보는 단어라 이제는 어색하기까지 한 말. 권좌에 오르기 위해서 달리던 시간만큼 오히려 현실에 대한 감각이 사라지는 기분이었다.

그러나 바이칼 가르나드는 단 한 번도 그것을 잊지 않은 듯 말했다.

"그러면 어째서?"

"당신이 아닌 그를 택했냐고? 누가 봐도 당신이 가장 유력한 권좌의 후보임에도 불구하고 말이지. 간단해. 나는 당신에 대해서는 모르거든. 하지만 그는 알지. 남겨놓은 재산이 어마어마하거든."

바이칼 가르나드는 쓸쓸한 미소를 지었다.

"아마 대부분의 사람은 그렇게 생각할 거다. 당연히 현실로 돌아가고 싶은 것이 궁극적인 목표라고. 하지만 그거야 현실로 돌아가고 싶은 이유가 있는 사람에게나 해당되는 일이지."

"그게 무슨 뜻이지?"

"수백억 재산이 있다든지 일궈놓은 업적이 있는 자들이 아닌, 돌아가도 아무것도 없는 자가 권좌에 오른다면, 과연 다시 돌아가고 싶을까? 지금 이곳에서 왕처럼 군림할 수 있는데."

바이칼 가르나드의 말은 틀리지 않았다.

돌아가고 싶은 이유. 전생(前生)에서 인간군 최강자로 올랐던 이강호 역시 그저 평범한 중년의 남자였을 뿐이다.

'이정진과 같은 인간과 엮여 있는 걸 생각하면 딱히 평범하다고는 할 수 없겠지만……'

권좌에 올랐을 때, 종족 전쟁이 시작되지 않았으면 과연 그가 지구로 돌아가는 것을 선택했을까?

그건 아무도 모르는 일이다. 목적을 위해서 동생마저 서슴없이 죽일 수 있는 그가 평범한 삶이 아닌 왕의 삶을 포기하고 아무런 대가 없이 돌아간다는 건…… 쉽사리 믿을 수 없는 일이었다.

"하고 싶은 말이 뭐지?"

"뭐, 나는 딱히 가진 건 없지만 평범한 삶이 더 좋다고 생각하는 쪽이라서. 확실하게 지구로 돌아가는 선택할 자를 권좌에 앉히고 싶다."

"권좌에 앉힌다?"

무열은 바이칼의 말에 피식 웃었다.

"꼭 당신이 권좌의 주인을 정할 수 있다고 말하는 것처럼 들리는데."

참으로 당돌한 말이었다.

순간, 방 안 가득 흐르는 투기(鬪氣)에 그곳에 있는 사람들은 피부가 저릿저릿한 느낌을 받았다. 지금까지 아무런 말도 하지 않고 상황을 지켜보던 노승현은 자신도 모르게 본능적으로 창을 잡고 있던 손에 힘을 주고 말았다.

"크큭…… 너무 그렇게 잡아먹을 듯 보지 말아주겠어? 여기서 그쪽을 무력으로 이길 수 있는 사람이 없다는 건 잘 아니까."

놀랍게도 바이칼 가르나드는 무열이 내뿜는 투기에도 담담한 표정이었다.

"하지만."

그는 가볍게 어깨를 들썩이고는 말했다.

"싸움은 무력 이외에도 많은 방법이 있지. 물론, 나는 당신과 싸우고 싶기보다는 같은 편이 되고 싶지만."

"네가 쓸 수 있는 카드가 뭐지?"

"정보."

무열은 바이칼 가르나드를 향해 차갑게 말했다.

"정보를 가지고 싸우려는 사람이 타투르를 손아래 두었다는 걸 모르는 건 아닐 텐데?"

"물론."

타투르는 북부와 남부의 경계에 위치한 대륙의 중앙 도시였다.

각종 정보가 그곳에 모였고 타투르는 그 정보를 사고팜으로써 도시를 유지했다.

명실공히 정보의 중심지라 해도 과언이 아닌 곳이었다.

하지만 무열의 말을 듣고서도 바이칼 가르나드는 자신 있는 얼굴이었다.

"외지인이기 때문에 외지인만이 얻을 수 있는 정보라는 것도 있거든."

"……."

"당신이 돌아가고 싶은 마음이 있는지 없는지는 여전히 모른다. 하지만 대륙의 전황을 보면 강무열 당신만큼 권좌에 가까이 오를 사람은 없지."

단지, 아직 해결해야 할 하나.

"라엘 스탈렌이란 장애물만 없으면."

"내가 고작 미친 광신도에게 질 거라고 생각하나?"

"나도 그렇지 않다고 생각해. 단지, 최악의 상황을 막기 위함이야. 적어도 지금 남은 강자 중에 라엘 스탈렌만큼은 절대로 현실로 돌아가지 않을 거니까."

무열은 바이칼 가르나드의 말에 차갑게 대답했다.

"교단에 대해서 잘 아는 것 같군."

"교단뿐만 아니라 그녀에 대해서도 잘 알지."

그가 하고자 하는 말의 의도가 뭔지 무열은 알고 있다.

라엘 스탈렌의 세 가지 능력 중 하나인 뒤틀린 권능의 파훼법.

지금은 그저 바이칼 가르나드만이 알고 있는 방법일지 모르나 15년이 흘렀던 전생에선 그렇지 않았다.

무열은 그의 말에 가볍게 코웃음을 쳤다.

"네가 말하지 않아도 교단은 무너뜨린다. 걱정 마라. 나는 그저 너에게 다른 걸 의뢰할 생각이니까."

"그래? 하지만 이왕이면 싸울 이유가 더 명백해지면 좋지 않을까?"

"……뭐?"

바이칼이 고개를 끄덕이자 문 앞에 서 있던 부하가 서랍에서 무언가를 꺼내어 그에게 건넸다.

스으윽―

종이가 담긴 봉투를 그가 무열에게 밀었다. 봉투를 받아 든 무열은 잠시 바이칼을 바라보더니 천천히 그 안에 있는 종이를 꺼내었다.

빼곡하게 적혀 있는 글자.

"……!!"

천천히 글을 읽어 내려가던 무열의 눈동자가 순간 커졌다.

콰악……!!!

자신도 모르게 힘이 들어가 잡고 있던 종이가 완전히 구겨졌다. 지금까지와는 달리 이렇게나 감정을 대놓고 표출한 적이 없었기에 그의 옆에 있는 노승현이 놀란 얼굴로 그를 바라봤다.

콰아아앙―――!!!!

무열이 손바닥으로 바이칼이 있는 테이블을 내려치자 사방으로 파편이 튀며 산산조각이 났다.

"이거…… 진짜냐."

"믿고 안 믿고는 당신 마음이지만…… 내가 거르고 거른 정보엔 자신이 있다."

"……."

알고 있다. 이클립스를 창단하고 그가 해낸 수없이 많은 업적을 떠올려 보면 적어도 그가 이런 일로 장난칠 사람은 아니라는 것을.

"오해는 하지 말아주길. 이건 협박도 제의도 아닌 순전히 내 배려일 뿐이니까. 그리고……."

바이칼 가르나드는 지금 자신이 할 말이 얼마나 위험한 것인지 잘 알았다. 그러나 오랜 시간을 음지에서 기다린 이유가 바로 이 순간을 위함이었다.

"아직 당신 가족은 살아 있으니까."

"……!!!"

대화를 듣던 노승현은 놀란 눈으로 무열을 바라봤다.

가족(家族).

아이러니하게도 혈흔이 낭자한 전장에서 오직 권좌와 신에 대한 복수를 위해 달렸던 그에게 유일한 현실의 고리였다.

"우리도 우연히 알게 된 사실이다. 교단에 당신 가족이 있다는 걸 말이야. 정작 당사자들은 당신 소식을 모르는 것 같지만…… 알게 된 이상 라엘 스탈렌이 두 사람을 자유롭게 놔둘 리 없지."

"……."

"조금은 도움이 되었나? 단지 처리해야 할 상대에 대한 이유를 하나 더 추가했을 뿐이야. 블루로어의 힘이 더 이상 커지는 건 곤란하거든."

바이칼은 무열을 향해 가볍게 웃었다.

"다시 말하지만 나는 현실로 돌아가고 싶은 사람 중에 하나라서 말이야."

회심의 미소.

"그리고 당신이 원하는 정보도 주지."

이미 다 알고 있다는 듯 그가 웃었다.

"정확한 위치는 모르지만 북부에 드워프 굴이 있다고 들었다. 라엘 스탈렌이 아니라 다른 의뢰 때문에 이곳을 찾은 이유는 하나겠지. 드워프 못지않은 이종족."

무릎 위에 쌓인 부서진 책상의 잔해를 털어내며 그가 말했다.

"엘프(Elf)."

한 치의 오차도 없이 정확히 집어내는 그의 모습에 무열은 아무런 말도 하지 않고 그저 그를 노려보았다.

"타투르에 흘러들어 가는 정보 정도는 내 귀에도 모두 들리거든. 게다가 교단이 엘프와 손을 잡고 있다는 건 이곳에 있는 사람이면 모두 알고 있지.”

자신의 귀를 톡톡 치면서 말하는 그를 보며 무열은 단번에 직감했다. 휀과 마찬가지로 타투르에 그의 첩자들이 있다는 것이다.

‘정신감응(精神感應).’

거점 상점에서 구매하는 전음 스킬과 비슷하면서도 전혀 다른 능력.

거리 제약이 있는 전음과 달리 그 범위가 무한대에 가까운 정신감응은 말 그대로 대륙의 모든 사건을 앉아서 보는 것과 같은 일이었다.

‘이미 로드 클래스로 전직을 끝냈군.’

염화령(念火令)이라는 특수한 직업을 얻어야만 익힐 수 있는 스킬이었고 그 직업은 전생(前生)에서도 오직 바이칼만이 얻었으니까.

“뿐만 아니다. 또 다른 이종족의 정보 역시 너에게 제공하지.”

“뭐……?”

“마족과 악마족의 움직임도 포착되었다. 녀석들이 원래부터 이곳에 있었는지는 모르지만……. 그랬다면 세븐 쓰론에 왕국이란 것이 존재하지 못했을 것 같거든.”

바이칼 가르나드는 종족 전쟁의 여부까지는 알지 못하고

있었다. 하지만 정보를 손에 쥐고 있는 그는 이종족들이 세븐 쓰론이 아닌 다른 영역의 존재라는 것을 의심하고는 있었다.

"좋다."

무열은 고개를 돌렸다.

"예상치 못하게 한 방 먹었군. 하지만 덕분에 지금까지 찾지 못한 가족의 소식을 알았으니……."

"도움이 되었다면 다행이군."

"아직 목숨은 살려주지."

바이칼 가르나드는 담담하게 말하는 무열을 보며 아무도 모르게 미소를 지었다.

'이미 살얼음판을 걷고 있는 기분이라고.'

하지만 아슬아슬한 줄다리기는 그에게 있어 묘한 스릴과 쾌감을 주었다.

"블루로어에 대한 정보를 제공해라. 지금부터 녀석들을 타파(打破)할 것이니."

"그러지."

철컥−

닫혔던 문을 열며 무열이 발걸음을 멈추었다.

"그리고 명심해라. 염화령의 능력은 생각보다 보잘것없다는 걸. 언제든 네 목을 취할 수 있다."

"……!!!"

문을 나서는 그의 마지막 말에 바이칼은 놀란 표정을 지었다. 자신의 클래스는 절대적인 비밀이었다.

"그걸 어떻게……."

"너만이 모든 것을 알고 있다고 자만하지 마라. 물론, 라엘 스탈렌은 내가 무너뜨린다. 그리고 그때 너는 그에 대한 대가로 나에게 네가 알고 있는 모든 정보를 말해야 할 거다."

바이칼의 조금 전 미소가 온데간데없이 사라졌다. 그는 입술을 씰룩이며 굳은 표정으로 대답했다.

"물론…… 그러지."

"이 일이 끝나기 전에 너는 갈까마귀의 수장. 진아륜을 찾아라. 적어도 네가 뿌려놓은 첩자들보다 훨씬 더 유용할 거다. 그리고 그에게 나 대신 전할 것이 있다."

"진아륜……?"

무열의 말에 바이칼은 고개를 갸웃거렸다. 아무리 그라도 트라멜 이후 종적을 감춘 채로 은밀하게 임무를 수행하는 진아륜의 이름까진 알지 못하는 듯 보였다.

낯선 사람에 대한 의심. 바이칼은 그 누구보다도 현실에 가까운 사람이었으니까.

그런 그를 바라보며 무열은 가볍게 웃으며 말했다.

"걱정 마라. 너희 둘, 생각보다 죽이 잘 맞을 테니까."

75장
준비

"그게 정말입니까. 교단에 가족들이 잡혀 있다는 게."

"잡혀 있는 건지 아닌지는 모르지."

"네?"

건물을 나온 무열은 사람들로 북적이는 시장으로 들어서기 직전에 멈추고 말했다.

"이곳은 원래 라엘 스탈렌의 블루로어가 교단을 통합하기 이전부터 성도(聖都)였다. 그녀가 만든 게 아니라 대륙에 원래 존재했단 말이지."

"으흠……."

"그렇기 때문에 4개의 교단을 모두 통합해 자신의 발아래에 둔 그녀라 할지라도 이곳의 원칙만큼은 쉽게 바꾸지 못해."

"원칙? 그게 뭡니까."

무열은 자신들이 들어왔던 성문을 바라보며 말했다.

"성스러운 교리(敎理)에 따라 이곳을 방문하는 모든 이를 받아들인다."

"그게 뭐 특이한 일입니까?"

가족이 잡혀 있다는 바이칼의 이야기를 들었음에도 불구하고 무열은 흔들리지 않았다.

노승현은 그 모습이 대단하다고 생각했지만 사실 그게 아니었다.

불안하지 않을 리 없다. 다만 그는 바이칼의 이야기를 다시 한번 이성적으로 생각하고 판단했기 때문에 흔들리지 않을 수 있었다.

"위그(Ygg)는 이곳에 들어오는 사람을 검문조차 하지 않아. 사실상 첩자나 암살자가 오더라도 막지 않는다는 말이지. 그랬으면 고작 이런 머플러로 얼굴을 가린 우리가 이곳에 들어올 수 있을 리가 없지."

뒤틀린 권능.

라엘 스탈렌이 가지고 있는 신의 힘.

죽지 않는 그 능력 때문에 그녀는 당당하게 위그의 성문을 열어놓았다.

'신의 축복이라 속이며.'

그 덕분에 그녀의 위상은 높아졌고 분열되어 있던 4개의 교단도 블루로어라는 이름으로 통합될 수 있었다.

'바이칼은 나의 가족이 교단에 들어간 것을 라엘 스탈렌이 알고 있을 거라고 하지만 그렇지 않다. 만약 그랬으면 휀 레이놀즈가 죽은 시점에서 바로 가족이란 카드를 썼을 테니까.'

비전의 샘에서 만났던 그녀를 떠올리며 무열은 라엘 스탈렌이란 인간의 성격을 파악했다. 성녀(聖女)라는 이름하에 칭송받고 있지만 사실상 그녀는 평범한 사람일 뿐.

'성급하며 거칠고 광적인 믿음만을 가지고 있다.'

최혁수의 책략도, 앤섬 하워드의 지혜도, 라캉 베자스의 이성도 없는 그저 한 명의 광신도일 뿐.

신의 대리자라 지칭하던 디아고와 같이 있을 때의 모습만 생각해도 그녀가 어떤 사람인지는 충분히 예상할 수 있는 일이었기 때문이다.

'오히려 조심해야 한다면……'

라엘 스탈렌의 옆을 지키고 있는 남자.

살만 알 샤르크.

'전생(前生)에서 바이칼이 라엘을 죽일 수 있는 방법을 찾아낸 뒤에도 블루로어를 토벌하는 것은 꽤 오랜 시간이 걸렸다.'

그 이유가 바로 살만이라는 남자 때문이었다.

'녀석과는 한번 맞붙었던 적이 있지.'

덩굴 언덕에서 리앙제가 화살을 맞았을 당시 그의 검을 막

앉던 것이 바로 그였다.

'그 당시에도 쉽지 않은 상대였어. 무력으로 따진다면 강찬석이나 필립 로엔보다 절대 못하지 않을 거다.'

무열은 고민했다. 그에게 질 거라는 걱정 때문이 아니다. 다만, 만약 이번에도 자신을 방해하면…….

'그를 죽일 수밖에 없겠지.'

그가 어디까지 교단에 대한 신앙이 있는지는 모르겠지만 그의 능력만큼은 아까웠으니까.

'현실 세계에서도 광신도였다면 문제가 되겠지만……. 잘못된 믿음을 깨뜨릴 수 있다면 그로 인해 오는 충격이 어쩌면 그를 다시 일깨울지도 모르지.'

무열은 이 전쟁이 권좌의 주인이 정해지는 것이 끝이 아님을 알기에, 비록 적임에도 불구하고 그런 생각을 할 수 있었다.

"그럼…… 라엘 스탈렌이 대장의 가족의 존재를 아직 모를 수 있다는 말씀인 겁니까?"

생각에 잠겨 있던 무열에게 노승현이 먼저 물었다.

"그래."

"그렇다면 몰래 빼 올 수도 있겠군요."

"아니, 조금 전에 바이칼에게 말했다시피 블루로어는 사라져야 하는 단체다. 그리고 지금이 적기(適期)이지. 바이칼이 조사한 자료가 곧 올 거다."

"그럼 저희는……?"

수십 개의 성을 가진 엄청난 규모의 교단을 상대로 단둘이서 무엇을 할 수 있을까.

노승현은 불안하면서도 한편으로는 아무렇지 않게 그런 일을 하겠다고 말하는 무열을 신기한 눈으로 바라봤다.

'카토 치츠카와는 또 다른 느낌이다.'

거칠 것 없는 행보. 자신의 앞을 막는 자들을 단 한 번도 고민하지 않고 배제했기 때문이다.

수년간 전장에서 살아남는 법을 경험하지 못한 사람이라면 절대로 도달할 수 없는 영역.

아무리 현실에서 무예를 수련했던 노승현이라 할지라도 무열을 따라 할 수는 없었다.

"바이칼을 만나기 전까지 이곳을 조사할 생각이야. 그동안 네가 해줘야 할 일이 몇 개 있다. 괜찮지?"

"해야 할 일이라면 상관없습니다. 어차피 따르기로 했으니까요."

"시원시원해서 좋군."

무열은 노승현의 귀에 뭔가를 얘기했다. 그의 말에 놀란 듯 살짝 눈썹을 씰룩이던 노승현은 이내 곧 고개를 끄덕였다.

"알겠습니다."

"성도 가장자리에 작은 여관이 하나 있을 거다. 파란 간판이니 쉽게 찾을 수 있어. 거기서 다시 만나자."

"네."

노승현은 고개를 끄덕이고는 얼굴을 가리고 있던 머플러를 풀었다.

"제 얼굴은 알려지지 않았으니 차라리 이게 더 자연스럽겠군요."

"머플러 색이 유치해서가 아니고?"

"……뭐."

무열은 그의 말에 가볍게 웃었다.

"그럼."

골목길을 따라 빠르게 걷기 시작한 노승현이 사라지고 난 뒤에야 무열은 생각했다.

'가장 먼저 가 볼 곳은…… 역시 거기겠지.'

무엇을 해야 할지.

이미 바이칼 가르나드와의 대화 도중에 결정을 내렸기 때문에 그는 거침없이 걸음을 내디뎠다.

콰앙-!!!

집무실의 문이 열렸다. 산더미처럼 쌓인 두루마리는 책상

뿐만 아니라 바닥에까지 너부러져 있었다.

복도에서부터 황급히 달려온 병사가 숨을 몰아쉬며 경례를 했다.

"무슨 일이죠?"

"죄송합니다. 급한 보고입니다."

두루마리들에 파묻고 있던 얼굴이 불쑥 튀어나왔다. 눈 밑에 다크서클이 짙게 깔린 잔뜩 피곤한 얼굴. 다름 아닌 최혁수였다.

"여기 갈까마귀로부터 온 연락입니다."

왁스를 녹여 붙인 인장을 보자 확실히 진아륜의 것이 맞았다.

"알겠어요. 고맙습니다."

최혁수가 고개를 끄덕이자 병사는 조심스럽게 문을 닫았다.

"흐음……."

그는 인장에 그려진 마크를 손가락으로 따라 그리고는 손가락을 번갈아 가며 그것을 반복했다.

인장은 단순히 장식을 위해 만들어진 것이 아니다. 도둑(Thief) 계열의 사람만이 할 수 있는 특수한 봉인 스킬. 지정된 방법이 아니고서는 절대로 열 수 없다.

촤르륵……!!!

손가락을 떼자 인장이 순식간에 녹아내리며 두루마리가 펼쳐졌다.

"……어?"

천천히 글을 읽어 내려가던 최혁수가 인상을 찡그렸다.

"이게 뭐야……?"

종이를 움켜쥔 채로 그는 지체하지 않고 다급하게 문 앞으로 달려갔다.

콰앙……!!!

복도에 문이 열리는 소리가 울렸다. 밖에서 보초를 서고 있는 병사들이 일제히 최혁수를 바라봤다.

"지금 당장 사람들을 불러주세요!!"

❋

"위그(Ygg)……?"

갑작스러운 소집에 불려온 사람들은 최혁수가 꺼낸 종이를 바라보며 고개를 갸웃거렸다.

"확실히 위그라면…… 거기지?"

"맞아."

"블루로어의 거점. 대륙을 통합한 교단이 있는 곳이잖아."

"성도라고 불리기도 하지."

최혁수의 말에 최은별은 고개를 끄덕였다. 그녀는 얼마 전 42거점에서 돌아왔는데 새하얗던 얼굴이 햇볕에 그을려 까

맸다.

"트라멜에 돌아온 지 얼마 되지도 않았는데 또 이런 일이 생기다니. 아직 재료를 모으려면 몇 군데 더 돌아야 하는데."

그녀는 최혁수가 꺼낸 전문을 보며 혀를 찼다.

바이칼 가르나드와 함께 운반업자라는 특수한 직업을 가졌던 그녀는 염화령으로 전직한 그와 달리 특이하게도 해적(Pirate)이란 직업을 택했다.

그녀의 허리에 달려 있는 세검과 함께 수많은 단검이 그것을 증명해 주고 있었다.

"해역을 정리하는 동안 근처는 가 본 적이 있어서 기억이 나긴 하는데……. 지금 대장이 위그에 있단 말이지?"

전생(前生)에 제도왕이라 불렸던 넬슨 하워드가 악마족의 습격으로 사라진 지금, 포스 나인을 비롯한 대륙의 섬들은 아직 공략되지 못한 장소로 넘쳐 났다.

무열은 그것을 알기에 그녀에게 42거점에 있는 쿠샨 사지드가 만든 배를 주었다.

"넬슨 하워드가 하지 못한 제도의 통합을 너라면 충분히 할 수 있을 거다. 섬을 공략해서 운반업자의 스킬로 내가 말한 재료들을 모아라."

그가 타투르를 떠나기 전에 최은별에게 내린 명령이었다.

눈가에 난 날카로운 상처와 더불어서 전에는 볼 수 없었던 강단이 그녀의 얼굴에 보였다. 숙련자다운 느낌.

아마도 이곳에 모인 사람들 중에 대륙을 가장 많이 여행한 사람은 최은별일 것이다.

"그런데 이걸 어째서 진아륜이 보낸 거지? 그 녀석은 지금 타투르에 있잖아. 타투르와 위그는 거리가 멀 텐데."

"인장은 진아륜 씨 것이 맞긴 하지만 내용은 거기서 온 게 아니에요. 위그에서 직접 온 거라고 해요."

"거기서? 어떻게?"

최혁수는 전문에 적혀 있는 내용을 필립 로엔에게 말했다. 위그에 있는 바이칼 가르나드가 자신의 심복을 통해 진아륜을 만나게 된 것, 그리고 그 이유가 무열이 전하라는 말이 있어서라는 것까지 자세히 설명했다.

"흐음, 확실한 건지 잘 모르겠군. 솔직히 라엘 스탈렌은 우리와 골이 깊으니 말이야. 휀이 죽고 난 뒤에 반대로 손을 쓰는 거는 아닐는지."

하지만 그 얘기를 듣던 라캉 베자스는 오히려 턱을 쓸어 넘기며 인상을 찡그렸다. 그다운 의심이었다. 그러나 최혁수에게서 돌아온 대답은 달랐다.

"아마도 그건 아닌 것 같아요. 그랬으면 진아륜 씨가 먼저 의심했을 테니까요. 이걸 보냈다는 건 진아륜 씨도 인정했다는 거구요."

"흠……. 믿을 만한 증거라도 있나?"

"뭐…… 저희가 아니면 알 수 없는 말이 마지막에 있긴 하거든요."

"음? 그게 뭐지?"

최혁수는 라캉 베자스의 말에 쑥스러운 듯 살짝 이마를 긁으며 말했다.

"진아륜의 애인은 천륜미다."

"에…… 에엑?!"

그의 한마디에 그 자리에 있던 천륜미가 얼굴을 붉히면서 민망한 듯 소리쳤다.

"하하……. 하긴, 그건 절대로 이곳 사람이 아니면 할 수 없는 말이겠지."

"크큭……."

"풋."

라캉 베자스를 비롯해서 그곳에 있는 사람들은 그녀를 바라보며 가볍게 웃었다.

"그래서 급하게 우리를 소집한 이유가 뭐지? 네가 몇 명도 아니고 우리 모두를 부른 건 결코 간단한 문제가 아니라 생각되는데."

흐트러진 분위기를 오르도 창이 다시 잡았다. 필립 로엔과 함께 병사들을 훈련시키고 있던 그는 흙먼지도 털지 않고 바로 달려왔다.

"혹시 주군께서 위험한 건 아닌가?"

"위험한 정도가 아니에요."

"……뭐?"

최혁수의 말에 오르도 창은 놀란 얼굴로 그에게 되물었다.

"엄청나게 위험한 일을 벌이려고 하는 중이죠. 대장이 말이에요."

"그게 무슨…….."

그의 물음에 대답 대신 최혁수는 전문을 그에게 보여주었다.

"이걸 준비하라고 했거든요."

"……!!!"

전문을 받아 든 오르도 창은 할 말을 잃은 듯 입을 다물지 못한 채 낮은 목소리로 중얼거렸다.

"주군께선…… 대륙을 뒤엎기라도 할 생각이신가?"

◈

펙-!!!!

어둠 속에서 둔탁한 소리가 들렸다. 이끼가 잔뜩 낀 지저분한 하수구에서 악취가 심하게 났다.

시장통에 있는 골목길과는 비교도 할 수 없을 정도로 더러운 곳. 하지만 이상하게도 이런 곳을 지키는 보초들이 있었다.

"컥……!!"

일순간에 쓰러지는 병사들. 바닥에 잔뜩 고여 악취가 나는 웅덩이에 처박히기 직전에 두 병사의 몸이 공중에서 멈추었다.

그들의 뒷덜미를 잡고 있는 손이 하수구 천장에서 흘러나오는 달빛에 나타났다.

"소리가 나지 않게 저기 옆으로 치워."

"알겠습니다."

노승현은 무열의 말에 고개를 끄덕이며 보초병을 웅덩이를 피해 하수구의 입구 옆에 기대었다.

"죽이지 않아도 괜찮습니까?"

"당분간 깨어나지 못할 거야. 그리고 어차피 우리에게 주어진 시간은 교대 시간까지야. 불필요하게 살인을 할 필요 없어."

"네, 그런데 여긴 어째서……?"

바이칼 가르나드가 가져온 서류 하나.

무열은 그것을 대충 훑듯이 읽더니 그 뒤에 아무런 설명도 하지 않고 노승현과 함께 곧장 이곳을 향했다.

성의 외각을 따라 깊게 돌아 내려온 숲길.

성도(聖都)라 불리는 위그(Ygg)와는 어울리지 않을 정도로 지저분한 이곳은 성의 각종 오물을 배출하는 하수구 입구였다.

"위그를 조사해 보라고 했을 때 뭐 특별한 거 나온 게 있었어?"

"글쎄요……."

밤이 오기 전까지 무열은 노승현에게 성의 시민과 상황을 조사해 보라고 일렀다.

특별한 것은 없었다. 그가 시장을 비롯해서 여기저기 교단에 대해 조사를 하기 위해 둘러보았지만 이렇다 할 이상한 점은 발견하지 못했다.

외지인이든 토착인이든 이곳에 살고 있는 사람은 정해진 시각에 신에게 경배를 올린다.

오후 3시, 그리고 밤 9시.

시민들의 말로는 아침 8시에 한 번 더, 하루에 총 세 번씩 행사가 치러진다고 했다.

"특별한 건 없었지? 하긴 반나절 정도로 알아낼 수 있는 건 없을 테니까."

늦은 시간까지 성을 돌다가 결국 약속 장소에 도착했을 때의 노승현의 얼굴을 보며 무열은 예상했다는 듯 말했다.

"크흠……."

그러나 자신의 생각을 정확히 읽은 듯 말하는 무열의 말에 노승현은 헛기침했다.

"하지만 그 특별할 것이 없다는 게 이상한 점이지."

"네?"

"성은 완벽할 정도로 안정적이거든. 마치 오래전부터 이렇게 살아온 것처럼."

무열은 천천히 검을 뽑아 검날에 마력을 주입했다.

최대한 옅게.

하지만 날에 집중해서.

스르릉……!!!

검이 반원을 그리며 하수구 입구를 막고 있는 철장의 쇠사슬을 잘라냈다.

"그게 무슨 말입니까?"

저벅- 저벅- 저벅-

무열은 하수구 안으로 걸어 들어가며 말했다.

"이곳은 우리가 징집되기 이전부터 성도였다. 말 그대로 4개의 교단이 대륙에 따로 존재했지만 성도는 하나. 즉, 라엘 스탈렌처럼 교단을 힘으로 통합하기 이전에도 각각의 교단이 인정한 교주가 존재했다는 말이지."

노승현은 그의 말에 고개를 끄덕였지만 그것이 어떤 문제가 되는지 이해가 가지 않았다.

"그 교주는 어떻게 됐을까?"

"……!!!"

성도에서 일어난 살인(殺人).

그것도 성녀(聖女)라 칭해지는 자로부터 일어난 일이었다. 그런 사건이 어떻게 대륙에 아무런 말도 전해지지 않고 조용히 일어났을까.

더욱이 이곳에 있는 사람들은 마치 그런 일을 모르는 것처럼 아무렇지 않게 라엘 스탈렌을 받들었다.

"처음부터 존재하지 않은 것처럼."

콰드득……!!!

악취가 가득한 하수구 끝에 있는, 녹이 슨 철문의 손잡이를 무열이 있는 힘껏 잡아당겼다.

끼기기기기긱…….

둔탁한 소리와 함께 철문이 열렸다.

하수구의 천장에서 새어 나오는 흐릿한 빛이 철문 안으로 들어가자 칠흑 같은 어둠이 옅어짐과 동시에 그 안에 흐릿한 그림자가 보였다.

"안 그래?"

무열은 그 어둠 속을 향해 말했다.

"전(前) 교주, 레미엘 주르."

그때였다. 어둠 속에서 들리는 외침.

"오…… 오지 마!!!!"

[크아아아아아아아아———!!!!]]

날카로운 비명.

쿵, 쿵, 쿵……!!!

지축을 흔드는 발걸음 소리와 함께 어둠 속에서 무언가가 두 사람을 덮쳤다.

"흡……!!"

숨을 멈추는 듯한 낮은 기합 소리. 그러나 그 낮은 소리와는 달리 터무니없을 정도의 경쾌한 소리가 들렸다.

찌이잉———!!!

아치 형태로 잔뜩 휘어진 창날이 무열의 앞에 튀어나온 괴물을 있는 힘껏 내려쳤다.

"……."

창끝이 얼어붙은 것처럼 새하얗게 변해 있었다. 뺨을 스치는 차가운 냉기를 느끼며 무열은 순식간에 자신의 뒤에서 튀어나온 노승현을 바라봤다.

'흐음, 생각해 보니 제대로 싸우는 걸 보는 건 이번이 처음인가?'

날카로운 반응 속도. 시야가 제한되어 있는 어둠 속에서 그는 괴물의 위치를 알고 있는 것처럼 정확히 창을 놀렸다.

그건 단순히 스킬의 능력이 아니다.

감각(感覺).

현실 세계에서도 무예를 업으로 삼던 그였기 때문에 가능한 일이었다.

괴물의 공격을 막은 노승현이 뒤쪽 무릎을 꿇으며 튀어 나갈 듯 자세를 낮췄다. 그러고는 눈을 감았다.

빙결창(氷結槍) 5절(節).

창날의 끝이 더욱더 차갑게 변하며 새하얀 연기를 뿜어냈다.

콰가가가가각———!!!

탄환처럼 튀어 나가는 노승현의 창이 뱀처럼 휘어지며 괴물의 정수리를 노렸다. 그가 내딛는 발걸음마다 마치 눈이 흩날리듯 새하얀 가루가 사방을 날았다.

[크르르르르……!!!]

괴물은 그의 공격을 바라보며 비명을 내질렀다.

믿을 수 없는 위력. 아주 잠깐이지만 공간이 일그러지는 것 같은 느낌을 받았다.

'역시…….'

무열은 노승현의 창을 바라보며 생각했다. 그는 무예도에 존재하는 5가지 초식으로 되어 있는 빙결창을 세븐 쓰론에 와서 새로이 스킬로 창조해 냈다.

처음이지만 제대로 그의 창술을 본 것이다.

그리고 이제 확신했다.

'그가 최초의 창술 창조자 타이틀을 가진 게 틀림없군.'

일반적으로 스킬북으로 배우는 노멀 스킬(Normal Skill)보다 무열의 검술처럼 창조된 것이 훨씬 더 강력한 효과를 낸다.

'강검술과 비연검처럼 빙결창 역시 스킬북이 아닌 만들어진 스킬이지만 또 다른 점이 있다.'

하지만 노승현의 검술은 그 이전부터 그가 습득했던 것.

스킬로 만들어진 순간 이미 그의 빙결창 숙련도는 최대치에 가까웠기에 그만큼 위력 역시 다른 스킬에 비해 월등히 높았다.

'창술이라면 필립 로엔을 빼놓을 수 없다. 예전부터 그와 노승현 중에 누구의 창술이 더 뛰어날까가 화두가 되었으니까.'

엑소디아(Exordiar)에서 그가 목숨을 잃었기에 영원히 알 수 없었던 문제.

흑참칠식(黑斬七式)과 빙결창(氷結槍).

'이제 답을 알겠어.'

무열은 천천히 고개를 끄덕였다.

창술의 차이를 떠나 이것은 사람의 차이였으니까.

아무리 필립 로엔이 무가(武家)의 자제로서 여러 수업을 받았다고는 하지만 일생을 무예에만 빠져 있던 노승현과 비교할 수 없는 일이었다.

쿵―

그 순간, 육중한 무게가 바닥으로 떨어지는 소리가 들렸다. 어둠 속에서 괴물을 밟고 서 있는 노승현의 모습이 그의 눈에 잡혔다.

무열은 그를 바라보며 옅은 미소를 지었다. 그가 자신을 따르겠다고 말했던 이유 또한 조금은 알 수 있을 것 같았다.

"이건 뭡니까?"

노승현은 형체를 알아보기 어려운 괴물을 바라보며 인상을 찡그렸다.

괴물의 정수리를 찔렀던 그의 창끝에 끈적끈적한 점액이 흘러내렸다.

"드로스(Dross). 신탁의 찌꺼기로 인해 만들어진 타락과 비슷한 잔해물이지."

하지만 무열은 오히려 괴물 뒤에 웅크리고 앉아 있는 레미엘 주르에게서 시선을 놓지 않은 채 말했다.

"저런 중요한 자를 가두고 있는 곳에 보초가 고작 몇 명에 불과한 건 너무 허술한 일이지. 라엘 스탈렌은 그렇게 호락호락한 여자가 아니거든."

"라…… 라엘."

"다 믿는 구석이 있기 때문에 그런 거지. 입구를 지키던 보초는 포로를 구속하기 위함이 아니라 하수구 안에 드로스가 도망치는 걸 감시하는 역할이거든."

"라…… 라엘……. 라엘 스탈렌……."

구석에서 레미엘 주르는 조금 전 무열이 말한 그녀의 이름을 두려운 듯 연신 되뇌었다.

"드로스가 죽은 지금, 아마 라엘 스탈렌은 이곳에서 일어난 일을 느꼈을 거다. 그녀와 연결되어 있으니까."

"네? 정말입니까."

노승현은 조금 전 자신이 죽인 괴물과 라엘 스탈렌이 연결되어 있다는 말에 인상을 찡그렸다.

무열은 천천히 걸음을 옮겼다.

"뭘…… 뭘 원하지?"

그가 다가가자 레미엘 주르의 어깨가 움찔거렸다.

"그건 내가 물어야 할 말이지."

"……뭐?"

무열은 눈앞의 남자를 향해 나지막한 목소리로 말했다.

"당신이 원하는 게 뭐지? 언제까지고 이곳에 있고 싶은 건 아니겠지."

"……나갈 수 있는 건가."

그는 힘없는 목소리로 되물었다. 하지만 무열은 그의 말을 들으며 다시 한번 힘을 주어 말했다.

"나갈 수 있느냐고? 고작? 아니지. 당신이 원하는 걸 되찾아야지."

꿀꺽─

"자신의 위치를."

침을 삼키는 목젖의 떨림이 생생하게 들렸다.

"그렇지 않은가? 레미엘 주르."

"하지만 어떻게……."

그의 눈동자가 흔들리고 있다는 것을 무열은 알았다.

제대로 먹지 못해 피골이 상접한 얼굴에서조차 느껴지는 옅은 희망. 자신을 구하러 온 무열이 지금의 그에게 있어서는 신보다 더 존귀한 존재로 느껴졌다.

툭.

무열이 그의 어깨 위에 손을 얹었다. 그러고는 천천히 말에 힘을 주어 한 마디, 한 마디 귀에 박히듯 말했다.

"뒤집어야지. 성녀(聖女)를 땅 아래로. 기사를 바닥으로 내몰아 사람들에게 알려야지. 그 껍데기를 벗기면 성녀의 안에 괴물이 있다는 것을."

무열은 레미엘 주르의 어깨 위에 올려놓은 손을 천천히 그의 얼굴에 가져가며, 악수를 요청하듯 손을 뻗어 말했다.

"내가 도와주겠다."

"당신이 몰라서 그래. 그녀는…… 정말로 신의 은총을 받았소!"

하지만 그는 무열의 소매를 부여잡으며 떨리는 목소리로 소리쳤다.

그는 똑똑히 기억한다. 처음 푸른 사자가 성도로 침입해 왔던 그때를, 신의 신도였던 자신과 자신의 사람들을 유린했던 그때를.

그리고 확실히 보였다. 성에 있는 모든 이에게 그녀가 받은 신의 힘을 말이다.

"그녀를 거역할 수 있는 방법은 없다. 죽일 수 없어. 아니, 죽여도 죽지 않아! 정말로…… 신은 우리가 아닌 그녀를 택한 거라고……."

자신의 머리를 움켜쥐고 떨리는 목소리로 외쳤다. 하지만 그의 말에 무열은 차갑게 대답했다.

"평생을 바쳐 그토록 믿었던 신에게 배신당했는데 아직도 그걸 은총이라고 하나?"

"……뭐?"

레미엘 주르는 무열의 말에 당황스러운 듯 말했다.

"하긴, 그 신앙이야말로 진짜일지도 모르지. 하지만 내가 아는 한 녀석의 능력은 은총이 아니다."

"무슨 뜻이지?"

뒤틀린 권능.

라엘 스탈렌이 가진 능력의 이름.

그 말대로다.

'뒤틀린'이라는 말이 붙은 것처럼 그건 제대로 된 권능도, 신의 은총도 아니다.

무열은 쓰러져 있는 드로스의 사체를 바라보며 낮은 목소리로 말했다.

"곧 알게 될 거다. 그녀의 껍데기 안에 숨어 있는 진짜 정체를. 너뿐만 아니라 성도의 모든 사람이."

76장
성도 공략전

쿵.

쿵, 쿵……!!!

쿠르르르르르……!!

지축을 뒤흔드는 요란한 말발굽 소리가 대지를 가득 채웠다. 수만의 군세가 대이동을 하고 있었다.

선두에 선 필립 로엔은 비장한 얼굴로 카르곤을 몰며 생각했다.

'오랜만이군.'

마치 새로운 공기를 마시는 듯 그가 크게 호흡을 뱉어냈다.

신수 사냥 이후 무열이 북부 원정을 떠났을 때에도, 중원 전투를 시작했을 때에도 그는 트라멜에서 병사들을 훈련시켰다.

처음에는 오합지졸들이었다. 가장 쓸 만하다고 할 수 있는

3거점의 베테랑들은 새롭게 무악부대로 편성되면서 트라멜에 남아 있던 병사들은 거의 신병과 다름없었다.

그의 집사인 테일러는 한심스러운 병사들의 모습에 불만을 토로했지만 당사자인 필립 로엔은 달랐다.

그렇게 몇 개월.

철컥.

쥐고 있는 흑참(黑斬)을 가볍게 비틀었다. 흑참의 날이 더욱더 예리해졌다.

그뿐이 아니었다. 처음과 달리 창날 역시 변해 있었다.

봉 끝에 달린 날 이외에도 양옆으로 초승달 모양의 날이 달려 있어 마치 방천극(方天戟)을 연상케 했다.

흑참의 모양이 달라진 만큼 그의 창술 역시 변화했다. 아니, 진보했다고 해야 할 것이다.

우연히 노병에게서 얻게 된 B등급 에픽 아이템인 흑참(黑斬)은 비전서의 후반부를 익혔을 때 A등급으로, 그리고 그가 일곱 개의 초식을 모두 마스터한 순간 S등급으로 변했다.

성장형 아이템.

오르도 창의 흑운과 마찬가지로 필립 로엔의 흑참 역시 그의 스킬이 올라갈수록 무구 역시 함께 강해졌다.

그리고 그 자신의 성장만큼 필립 로엔이 훈련시킨 병사들은 지금껏 볼 수 없는 눈빛을 가지고 있었다.

뒤처지지 않고 그를 따라 달리는 병사들의 모습은 결코 무악부대에 뒤지지 않았다.

아니, 오히려 뛰어넘을 자신도 있었다.

"멈춰라."

그의 손짓 하나에 달리던 병사들이 일제히 자리에 섰다. 저 멀리 보이는 흙먼지. 풍기는 규모를 봐도 적지 않은 대군이라는 것을 알 수 있었다.

"오는군."

필립 로엔은 선두에 선 남자를 보며 고개를 끄덕였다.

안슈만 쿠마르의 1천의 자유군을 선두로 북부 7왕국의 10만의 병력이 자신을 향해 달려오고 있었다.

히이이이잉———!!!

말고삐를 있는 힘껏 잡아당기며 멈춰 선 안슈만은 얼굴을 가리던 머플러를 내리며 필립에게 인사했다.

"나머지는 어떻게 됐습니까?"

"현재 남부 5대 부족의 병력들이 북상하는 중이고 나머지 병력은 포스나인을 통해서 선박들로 이동 중입니다."

"갑작스러운 전갈이었는데 빠르게 대처를 해주셔서 감사합니다."

"별말씀을. 다행히 타투르에 진아룬 씨가 있었기에 최우선적으로 전갈을 받아 남부와 나머지 북부 왕국에 전달을 할 수 있었습니다. 오히려 이렇게 빨리 오실 거라고는 생각 못 했습니다."

안슈만은 필립의 뒤에 있는 병사들을 살폈다.

'모두가 외지인으로 구성되어 있다.'

자신의 자유군과 마찬가지지만 타투르라는 공통된 목적이 아니고서는 각자 던전을 공략하고 딱히 구속하는 규율은 없었다.

'군사(軍士)의 눈빛이군.'

현실 세계에서 전직 군인도 있을 수도 있겠지만 대부분은 평범한 사람들일 것이다.

그런 자들은 이 정도까지 끌어올렸다는 것은 보통의 재능으로서는 불가능한 일이다.

확실히 누구보다 군대를 이끌고 운용을 하는 데에 있어서 필립 로엔만큼 뛰어난 자는 없을 것이다.

장군(將軍)의 기질.

혼자가 아닌 다수의 군을 운용하는 데 있어서 능통한 그야말로 전쟁에 적합한 존재였다. 그런 그가 지금 성도공략전(聖都攻略戰)의 총사령관으로 나선 것이다.

총 병력 30만.

지금까지는 비교할 수 없는 엄청난 대군이 대륙을 관통해 한곳으로 집결하고 있었다.

'정말로 엄청난 일을 벌이는군, 강무열.'

필립 로엔은 갈증을 느꼈다.

'하지만 이 작전이 성공한다면…… 권좌는 우리의 것, 아니, 네 것이 되겠지.'

지금까지와는 비교도 할 수 없는 대전(大戰)을 앞두고 그조 차도 긴장을 하지 않을 수 없었다.

"전군(全軍)."

필립 로엔이 카르곤의 옆구리를 찼다.

"진격하라."

"강무열이 크게 수를 뒀어. 교단과 맞서 싸울 생각을 하다 니 말이야."

"마치 과거를 답습하는 것 같군. 왕권을 강화하기 위해서 종교를 배제하려는 거라면 그는 잘못된 결정을 내린 거야."

"흠……. 곤란하게 되었어. 그가 라엘 스탈렌마저 잡는다면 더 이상 강무열을 막을 수 있는 사람은 없겠지."

언덕 위, 대군의 진격을 바라보며 서 있는 두 사람.

"아직도 그에게 검을 겨눌 생각을 하는 건가? 휀 레이놀즈 가 죽을 때에도 뒤에서 방관만 한 사람이."

혀를 차는 하이톤의 목소리가 남자를 비웃었다. 세로로 얼굴

의 반쪽을 황금색의 가면으로 가린 여자는 은빛 장갑을 낀 것
처럼 새하얀 손으로 팔짱을 낀 채 아래를 내려다보고 있었다.

"말이 심하군. 그래도 우린 동맹을 맺은 사이가 아니던가?"

여자의 말에 인상을 찡그리는 남자는 다름 아닌 알라이즈
크리드였다.

심기의 불편함을 표현하는 것처럼 바닥에 세워 쥐고 있는
메이스에서 화염이 일어났다가 사라졌다. 메이스를 쥐고 있
는 그의 손가락에 껴 있는 반지가 반짝거렸다.

"동맹? 말은 바로 해야지. 휀이라는 방패가 사라지고 난 뒤
에 행여나 교단에 잡아 먹힐까 봐 나에게 온 게 아닌가?"

"……뭐?"

"차라리 네가 자랑하는 그 반지를 주고 그자의 밑으로 기어
들어 가는 게 낫지 않았을까?"

그녀는 반지를 가리키며 피식 웃었다.

생명의 불꽃.

사용자의 힘과 흡수하는 불꽃의 양에 비례해서 무기에 화
염 속성을 입힐 수 있는 특수한 반지.

무열 역시 카나트라 산맥에서 알라이즈와 조우했을 때 가
장 먼저 이것에 시선을 빼앗겼었다.

그는 그녀의 말에 입술을 깨물었다.

'싸가지 없는 년. 용족만 아니었으면…… 너도 내 부족이 없

으면 어차피 강무열에게 대적하지도 못할 것이면서 잘난 척은.'

속으로는 욕지거리를 내뱉었지만 어쩔 수 없는 일이었다. 남부 일대에서 더 이상 무열의 권세에서 대적할 수 있는 사람은 그녀 말고는 없었으니까.

바로, 용족의 여왕 정민지였다.

"너의 용족이 제법 강하다는 건 알지만 아무리 그렇다 하더라도 외지인들을 이기는 것은 역부족이다. 내가 말했듯이 힘을 합쳐……."

알라이즈 크리드는 가까스로 화를 삼키며 다시 한번 그녀를 회유했다.

"아니, 나는 너와 달라."

그러나 단번에 거절하는 그녀의 말에 알라이즈는 인상을 구기며 입을 다물 수밖에 없었다.

"나는 백금룡(白金龍)의 힘을 이어받았으니까. 강무열이라 할지라도 날 막을 수 없다."

가면으로 가린 얼굴 안에 있는 눈빛이 매섭게 빛나고 있었다. 은빛 장갑을 낀 것 같은 그녀의 손은 확실히 범상치 않아 보였다.

"백금룡……?"

알라이즈는 그런 이름을 가진 용족이 있는지 빠르게 머리를 굴렸지만 자신이 알고 있는 한 그런 이름의 부족은 없었다.

"용족이 아니야."

"뭐?"

"드래곤이다. 용의 피가 혼탁하게 남은 붉은 부족과 용족 따위와는 비교도 할 수 없는 진짜 드래곤. 너 같은 자가 알 리가 없겠지만."

"……."

정민지는 자신만만한 얼굴이었다.

드래곤(Dragon).

확실히 그런 생명체가 존재한다는 것은 알라이즈 역시 잘 알고 있었다.

실제로 붉은 부족이 있는 곳에는 레드 드래곤의 레어가 있으니까. 그러나 그곳은 절대적인 금역(禁域)이었다.

'설마…… 저년이 설마 드래곤마저 굴복시켰다는 말인가? 하지만 드래곤 중에 백금룡이 있다는 건 처음 듣는데?'

그는 불안한 눈빛으로 정민지를 바라봤다.

미래의 뒤틀림. 그 안에는 전생과는 또 다른 변화도 분명 존재했다.

"그럼 당신은 강무열을 이길 자신이 있다는 말인가?"

"글쎄. 붙어봐야 알겠지. 강무열의 권세가 강하다는 건 부정할 수 없는 사실이니까."

자신만만한 태도와 달리 그녀의 판단은 차가웠다.

"하지만 그 전에. 대륙의 유일한 종교라고 할 수 있는 블루로어를 지금 치는 건 바보 같은 생각이야."

"어째서?"

"당연한 얘기 아냐? 광신도든 뭐든 어쨌든 블루로어는 신을 섬기는 단체. 우리를 이곳에 잡아 처넣은 빌어먹을 존재라 하더라도 어쨌든 신은 신. 세븐 쓰론을 사는 토착인들에겐 절대적인 존재다."

정민지는 성도로 집결하는 병사들을 가리키며 말했다.

"하지만 블루로어에게 반기를 들었다는 것은 말 그대로 신에게 반기를 들었다는 것과 매한가지."

교단의 본거지는 위그뿐이지만 교단의 세력은 이미 대륙 전역에 퍼져 있다고 해도 과언이 아니다.

'그게 종교의 무서운 점이지.'

수십 개의 크고 작은 성과 도시, 그리고 나라에까지 퍼져 있는 믿음.

무열의 원정 소식이 알려지고 난 뒤, 위그를 향해 움직이는 건 그저 무열의 권세만이 아닐 것이다.

'휀이 죽었다고 그의 권세까지 모두 흡수한 것도 아니거니와 강무열이 아무리 날고 긴다고 하더라도 아직 그가 점령하지 못한 곳도 많다. 하지만 반대로 그런 모든 곳이 라엘 스탈렌의 영향력 아래에 있다.'

수만, 아니, 수십만이라 해도 과언이 아니다.

'속도전(速度戰)이 될 거야. 강무열은 위그를 수비하기 위해 각각의 성에서 집결하고 있는 교단의 병력이 모이기 전에 성을 함락시키려 할 테니까.'

"그런데……."

알라이즈 크리드는 정민지를 떨리는 눈빛으로 바라봤다.

"정말 그가 신에게 대적할 마음이라면?"

"……."

그녀는 아무런 대답도 하지 않았다.

'만약 그렇다면 발톱이 향할 상대도 달라질지 모르지.'

정민지는 알라이즈 크리드의 말에 가벼운 콧방귀를 뀌며 말했다.

"절대로 그런 일은 없겠지만."

후드드득……!!!

그때였다.

작은 날개가 달린 독수리의 크기만 한 작은 소룡(小龍)이 날개를 펄럭이며 하늘을 날아 그녀의 주위를 맴돌았다. 뱀의 형상에 날개만 달린 녀석은 특이한 모습이었지만 정민지가 손등을 들어 올리자 녀석이 천천히 날개를 접으며 능숙하게 그녀의 팔 위에 올라탔다.

[끼륵…… 끼륵…….]

벌레의 울음소리 같은 목소리로 녀석이 그녀에게 무언가를 속삭였다. 오직 용족어를 아는 사람만이 알아들을 수 있는 언어였기에 알라이즈 크리드는 그저 정민지를 바라보고 있을 수밖에 없었다.

　"말도 안 돼……."

　"왜 그래? 무슨 일이지?"

　"도대체 강무열이란 자는 무슨 생각이지?"

　소룡을 날려 보내는 가면 속 그녀의 눈동자가 흔들리고 있다는 걸 알라이즈는 알 수 있었다.

　"강무열의 병력이 성도에 도착했다."

　"뭐야, 별거 아니잖아. 그거야 당연한 일 아닌가? 지금 움직이고 있는 병력들은 남부에서 올라가는 마지막 병력이니까."

　알라이즈 크리드는 정민지의 말에 고개를 갸웃거리면서 말했다.

　"그게 아냐."

　"강무열이 아무것도 하지 않은 채 그저 대치하고 있다는 말이다. 마치 블루로어가 집결하는 것을 기다리고 있는 것처럼."

　"……뭐?"

　정민지는 당연히 무열이 속전속결로 교단의 머리라 할 수 있는 라엘 스탈렌을 죽여 전쟁을 끝마칠 것이라고 생각했다.

　하지만 자신의 생각을 비웃듯 무열은 완전히 뒤집은 행동을 하고 있었다.

'어째서 스스로 자신의 무덤을 파는 거지? 대륙에 있는 블루로어의 병력들이 모두 모인다면 아무리 강무열이라 할지라도 막을 수 없을 터.'

무슨 생각일까.

아무리 머리를 굴려도 정민지는 무열이 하고자 하는 계획을 가늠할 수 없었다.

꽈악.

그녀는 자신도 모르게 팔짱을 낀 손에 힘을 주었다.

"성도로 가야겠다."

"……뭐?!"

알라이즈 크리드는 그 말에 깜짝 놀란 듯 소리쳤다. 그도 그럴 것이 지금 성도는 수십만의 병사가 집결해 있는 전장이었다.

자칫 잘못해서 그 소용돌이에 휩쓸렸다가는 자신들의 목숨 역시 장담할 수 없었다.

하지만 이미 정민지의 시선은 저 멀리 성도를 향하고 있었다.

'강무열……. 그자가 어떤 자인지 내 눈으로 직접 봐야겠어.'

"궁수는 모두 성벽 위로!! 청기사단은 각자의 위치로!! 반드시 저 무뢰배들이 성도 안으로 들어오는 것을 막아야 한다!!"

위그(Ygg)는 소란스러웠다.

분주하게 움직이는 병사의 발소리를 제외하고 아무것도 들리지 않았다.

아침을 여는 시장 상인의 목소리도 예배를 드리기 위해 모이는 사람의 수다 소리도 들리지 않았다.

언제나 평온할 거라 여겨졌던 성도에 때아닌 긴장감이 감돌았다.

"신의 뜻에 반(反)하여 신이 내린 은총의 땅을 짓밟으려고 나타난 악마를 우리의 손으로 막아야만 합니다!! 모두 일어나십시오!!"

"믿으십시오! 신은 언제나 우리의 편입니다!!"

"오직, 우리가 걷는 길이야말로 진리이자 진실 된 것입니다!!"

중앙 공원에는 몇몇의 사람이 사람들을 독려하고 있었다.

하지만 토착인, 외지인 할 것 없이 전쟁을 피해 평온한 삶을 살고자 성도로 도망친 이들이다. 위험을 무릅쓰고 전장으로 나서는 게 결코 쉬운 일은 아니었다.

저마다 수군거렸지만 누구 하나 선뜻 나서지 못하고 그저 걱정할 뿐.

"타투르와는 사뭇 다른 느낌이군요. 거기도 토착인과 외지인이 함께 사는데."

"가 본 적이 있나?"

"네, 몇 번······."

"확실히 그곳과는 다르지. 스스로 지켜야 하는 곳과 보호받기 위해 온 곳에 대한 생각은 말이야."

무열은 조금 열어둔 창문 틈 사이로 사람들을 바라보며 낮은 목소리로 말했다.

'어차피 이곳에 있는 외지인 중에 전쟁의 판도를 바꿀 만큼 특출한 사람은 없다. 결국 승부의 관건은 청기사단 그리고······.'

와아아아아───!!!

와아아──!!!

사방이 시끄러웠다. 사람들을 독려하던 무리까지 말을 멈추고 일제히 한곳을 바라봤다.

그들의 시선이 멈춘 곳.

무열 역시 그곳을 바라보며 살짝 입꼬리를 올렸다. 마치 그의 생각을 읽기라도 한 것처럼 말을 타고서 거리를 천천히 걸어오는 한 남자는 조금 전 그가 떠올렸던 사람이었기 때문이다.

'이제 움직이는군, 살만 알 샤르크.'

부정한 것은 조금도 남겨두지 않겠다는 것처럼 깔끔하게 밀어버린 구릿빛 머리가 반짝였다. 짙고 검은 눈썹과 굳게 다물어진 두툼한 입술. 오른쪽 뺨에 난 화상 자국이 그의 강인함을 보여주는 것 같았다.

그의 뒤를 따르는 청기사단은 모두 두꺼운 풀 플레이트 아머(Full Plate Armor)를 입고 있었다.

얼굴까지 모두 가렸기에 그들의 표정을 알 수 없었지만, 적어도 두려워하는 기색은 느낄 수 없었다.

'확실히 제1기사단은 다르군. 성도에 이만한 병력이 아직 남았을 거라고는 생각 못 했는데.'

무열은 갑옷 중앙에 그려진 푸른색의 사자 문양을 바라보며 생각했다.

위그의 규모는 작지만 그가 생각하는 것 이상으로 라엘 스탈렌의 병력은 많았다.

약 5천의 성도 방위군을 비롯해 이틀 거리에 있는 4개의 성에서 총 3만의 병력이 집결했다.

'포스나인과 남부에서 올 병력을 제외하고 트라멜과 북부에서 온 1차 병력은 10만. 사실상 결말을 짓기 위해서는 지금이 적기겠지.'

포스나인의 강을 따라 내려오고 있을 최은별이 이끄는 함대와 남부 5대 부족의 병력이 합쳐지는 것을 기다리긴 힘든 일이다.

대륙에 퍼져 있는 교단의 수는 서른 개가 훌쩍 넘는다. 그 교단 아래 작은 지부까지 합친다면 수백은 충분히 넘을 터.

'그들까지 모두 합쳐진다면…… 블루로어의 총 군세는 적어

도 50만 이상.'

성 밖에 도착한 필립 로엔의 병력이 진지를 구축하고 있었다.

자칫 잘못하면 다른 지부에서 보낸 교단의 증원 병력에 의해 포위될 수 있는 위험한 상황.

아마도 지금 성도에 주둔하고 있는 블루로어는 증원이 오기 전까지만 버티면 충분히 승산이 있다고 생각할 것이다.

"……."

무열은 전생(前生)에서 이강호가 권좌에 오르기 전, 라엘 스탈렌과 마지막 일전을 벌였을 때를 기억했다.

'이제 겨우 2년도 채 되지 않은 시점임에도 불구하고 50만 이상의 병력을 가진 그녀다. 그 당시 수백만의 청기사단과 이강호의 병력이 맞부딪쳤을 때는 정말 끔찍했지.'

전쟁터의 피가 포스나인으로 흘러 들어갔고, 다시 물이 맑아지기까지 몇 달이나 걸렸다.

'그런 일은 두 번 다시 일어나서는 안 된다.'

무열은 그때 희생되었던 병사의 부재가 종족 전쟁에서 얼마나 뼈아픈 결과를 만들어내었는지 잘 알았다.

'그러기 때문에 기다려야 한다. 모두가 보는 앞에서 라엘 스탈렌을 끌어내리기 위해. 내 병사뿐만 아니라…… 그녀의 신도까지 모두 볼 수 있도록.'

그가 성도 중앙에 서 있는 살만 알 샤르크를 바라봤다.

"걱정 마라."

그가 중앙에 서 있는 것만으로도 시민의 사기가 올랐다. 많은 사람이 목어 터져라 독려했던 것보다 훨씬 효과적이었다. 전투를 피하려던 사람들도 저마다 무기를 들기 시작했다.

"신의 가호가 영원한 성도는 절대로 무너지지 않는다. 블루로어의 방패가 너희를 지킬 것이다."

그가 거대한 해머를 한 손으로 가볍게 들어 공중에서 크게 원을 그리며 휘둘렀다.

우우우웅……!!

그러자 해머에서 찬란한 빛이 뿜어져 나왔다.

"……?!"

그 순간, 무열의 눈썹이 씰룩거렸다.

"오오오오오……!!!"

"블루로어 만세!!!"

"락슈무의 가호가 우리를 지켜줄 것이다!!"

광장에 모인 시민들이 두 손을 부여잡고 무릎을 꿇은 채 기도를 하며 소리쳤다.

"엄청나군요."

단순한 믿음의 수준을 뛰어넘은 그들의 모습에 노승현은 고개를 저으며 혀를 내둘렀다.

"재밌군."

"……네?"

"너희도 봤지? 정령술을 익히지 않았더라면 아마도 몰랐을 거야. 아니, 너희와 계약하지 않았더라면 알 수 없었을 거라고 하는 게 맞겠지. 정령왕끼리의 공명이 필요한 일이니까."

무열의 혼잣말에 노승현이 그를 바라봤지만 이내 곧 그의 등 뒤에서 나타난 세 개의 기척에 자신도 모르게 한 발자국 뒤로 물러서고 말았다.

[그렇군. 확실히 그의 기운이다.]

[도대체 무슨 생각인지 모르겠네. 그렇게 당해놓고도 아직도 그녀의 편에 서 있다니.]

쿤겐과 에테랄이 작은 빛의 형태로 나타나 무열의 주위를 맴돌았다.

[이상할 건 아니다. 그는 균열에서 태어난 존재 중 신에 가장 가까운 존재였으니까. 자신의 믿음을 계속해서 따르는 것뿐이겠지.]

각이 진 돌덩이의 형태로 소환된 막툰 역시 나직하게 말했다.

[우리를 이런 식으로 가둔 신에게 믿음이라고?]

서운함 혹은 의혹, 또는 분노가 섞인 세 정령왕의 대화를 들으며 무열은 나지막이 말했다.

"꼭 믿음이 아닐 수도 있지."

[그게 무슨 말이지?]

"당사자에게 직접 묻기 전에는 모를 일이다. 그것이 자의(自意)인지 타의(他意)인지."

무열은 살만 알 샤르크의 해머를 바라보며 생각했다.

'라엘 스탈렌의 처단 이외에 생각지도 못한 거물을 이곳에서 만나게 될 줄이야.'

2대 광야(光夜) 중 하나.

빛의 라시스.

따– 따– 따–

손톱을 물어뜯는 소리가 아무도 없는 홀 안에 울렸다.

"진정하시지요. 그러다 손이 망가집니다."

"내가 어떻게 가만히 있을 수 있죠? 지금 성도에 강무열이 와 있다는 걸 살만도 알고 있지 않나요."

"물론입니다. 성문에 감시는 없다 하더라도 이곳에 들어오는 자의 신상은 모두 교단에 알려지게 되어 있으니까요."

살만은 손바닥을 천천히 아래에서 위로 펼쳤다. 그러자 반투명한 푸른 창이 하나 생성되면서 현재 성안에 있는 모든 사람의 인적 사항이 나타났다.

신의 눈(Eye Of God).

오직 성도라 불리는 위그에만 적용되는 특수한 스킬이었다.

마치 전산 프로필처럼 강무열의 얼굴과 그에 대한 데이터 가 나와 있는 걸 살피며 그가 말했다.

"강무열은 우리가 이런 힘을 가지고 있을 거라고 절대로 상 상하지 못할 겁니다. 우리가 그의 내력부터 그와 얽혀 있는 사 람이 누구인지까지 모두 꿰뚫고 있다는 것을요."

살만은 강무열의 이름 옆에 쓰여 있는 가족(家族)이란 단어 와 그 옆에 적힌 이름을 보며 만족스러운 듯 웃었다.

"하나부터 열까지……. 강무열은 나를 방해하고 있어요. 비 전의 샘에서의 일만 하더라도 그래요. 그자 때문에 신을 모셔 야 할 우리가 신에게 벌을 받았으니까!!"

라엘 스탈렌의 말에 그는 쓴웃음을 지었다.

"하지만 그들을 가만히 들여보내라는 신탁이 있지 않았습 니까. 성녀께서 이렇게 흔들리시면 신도들이 불안해합니다."

그러고선 상태창을 없애며 그는 자신 있는 목소리로 말했다.

"어떻게 해야 하죠?"

"걱정 마십시오. 신의 권능만 있다면 우리는 이길 수 있습 니다. 권좌에 오르실 사람은 바로 당신입니다, 라엘 스탈렌."

끄덕.

그녀는 살만 알 샤르크의 말에 고개를 꺾었다.

"누구 없느냐."

"하명하십시오, 단장님."

"그 두 사람을 데리고 와라. 그리고 지금부터 그들은 제물과 따로 격리해 두어라. 곧 낙인의 작업을 시작할 것이니."

"알겠습니다."

마치 딸처럼 라엘 스탈렌의 머리를 조심스럽게 쓰다듬던 살만은 홀의 입구에서 대기하고 있던 자신의 부하에게 명했다.

'강무열, 너는 절대로 우리를 이길 수 없다.'

"너는 우리에게 시간을 준 것을 후회하게 될 것이다."

그는 자신의 손목에 찍혀 있는 붉은 낙인을 바라보며 낮은 미소를 지었다.

"이제 하루."

각지에서 모이기 시작한 블루로어의 증원군이 곧 성도에 도착할 것이다.

"내일 아침 동이 트는 순간이 결전의 때가 될 것이니까."

그때야말로 반격의 시작이자 강무열이란 존재를 세상에서 지워 버릴 수 있는 순간이라 생각했다.

'권좌 따윈 누가 앉아도 상관없다. 그 권좌에 앉은 자 위에 군림하면 되니까.'

처음 라엘 스탈렌을 찾았을 때부터 그는 직감했다. 그녀의 힘은 진짜라고. 때문에 그 순간 번뜩였던 생각.

'신이 존재한다는 것은 믿어 의심치 않을 사실. 라엘 스탈

렌이 그 증거다. 그렇기 때문에 더 위로 올라갈 수 있다. 그녀의 힘을 이용해서. 아니, 신의 힘으로.'

충만해지는 믿음. 살만은 크게 숨을 내뱉으며 라엘 스탈렌에게 말했다.

"다시 한번 신탁을 준비하시지요. 이 전쟁의 결말을 미리 내주시기 바랍니다. 그리하여 성도의 시민에게 믿음을 주십시오."

"알겠어요. 그렇게 하죠."

그의 말이 끝남과 동시에 라엘 스탈렌은 천천히 자리에서 일어나 신도들의 인도를 받으며 어두운 계단 아래로 내려갔다.

"당신 말대로야. 제물이 있는 감옥이 따로 있었어. 그것도 한 군데가 아니라 두 군데였더군."

어두운 밤. 불도 켜지 않은 방 안에 목소리가 들렸다.

"그런데…… 어떻게 안 거지?"

바이칼 가르나드는 얼굴을 감추었던 복면을 벗으며 말했다.

"라엘 스탈렌의 뒤틀린 권능이 제물의 목숨을 대신해서 영생을 누리는 것이란 걸."

무열은 그의 말에 대답 대신 낮은 미소를 지을 뿐이었다.

"게다가 우리가 찾은 감옥 이외에 또 하나가 더 있다는 것까지 말이야. 여기에 온 게 처음이 아닌가? 아니, 그런 여부를 떠나 교단 관련자일 리 없는 당신이 어떻게 비밀을 알고 있지?"

"때로는 이유를 알려 하는 것보다 그저 사실만 받아들이는 게 나을 때도 있다. 내 말이 사실이라는 것을 확인했으면 그대로 따라주기만 하면 된다."

어떻게 잊을 수 있겠는가.

전생에서도 마찬가지로 라엘 스탈렌을 죽이기 위해 바이칼이 이강호에게 뒤틀린 권능의 정체에 대해 알려주었다.

그러나 그가 발견한 감옥은 하나뿐. 나머지 한 곳을 찾지 못해 라엘 스탈렌이 그곳의 제물 수백 명을 바치는 것을 막지 못했다.

"그런데…… 괜찮겠어? 그 제물 중에 너의 가족도 있다고 하던데."

바이칼의 조심스러운 물음에도 불구하고 무열은 여전히 같은 표정이었다.

"구하기 위함이다."

"응?"

"구하기 위해서 이렇게 하는 거다."

"……."

단호한 그의 대답에 바이칼은 자신도 모르게 입을 다물 수밖에 없었다.

"내가 지시한 건 모두 끝냈겠지?"

"물론이다. 이제 남은 하나만 처리하면 끝난다. 그러기 위해서 온 것이기도 하고."

바이칼은 방구석에 앉아 있는 레미엘 주르를 힐끗 바라봤다.

"준비가 끝나는 대로 시행한다."

끄덕.

무열은 담담한 목소리로 말했다.

"결전의 순간은 내일이 아닌 바로 오늘 밤이다."

늦은 밤.

우우우우웅…….

성도에 존재하는 거대한 사원에서 옅은 빛이 흘러나오기 시작했다. 새하얀 그 빛은 처음에는 사원을 중심으로 집중되어 있었지만, 마치 호수에 파문이 일어나는 것처럼 점차 커지더니 위그 전역에 퍼졌다.

거대한 등불처럼 어둠을 밝히는 빛이 찬란하게 빛나자 성안에 있던 모든 사람이 전쟁 중이라는 것조차 잊은 듯 사원을 향해 무릎을 꿇고 기도하기 시작했다.

피이이이이이이잉———!!!

그와 동시에 밤하늘로 솟구치는 한 줄기의 빛이 있었다. 그 것은 성도를 가득 채운 따스한 황금빛이 아닌 푸른빛이었다. 반기라도 드는 것처럼 도깨비불같이 을씨년스러운 분위기를 자아내는 그 빛은 이내 사라졌다.

"흠⋯⋯."

그 광경을 바라보던 필립 로엔은 천천히 숨을 뱉어냈다. 눈 앞을 가로막는 황금빛의 불투명한 벽을 바라보며 그는 생각 했다.

'무열의 말대로군.'

하늘 위로 솟구친 화살은 다름 아닌 강건우의 것이었다. 성 도를 감시하던 그가 쏘아 올린 푸른빛 화살은 그런 의미를 담 고 있었다.

'시작할 때다.'

척―

"지금부터."

필립 로엔이 돌아섰다.

그의 뒤로 서 있는 수많은 병사.

"우리는 성도를 함락시킨다."

수십만의 병사가 있음에도 불구하고 마치 아무것도 없는 듯 조용했다.

정적 속에서, 성도대전(聖都大戰)의 시작을 알리는 깃발이 흔들렸다.

"진격(進擊)."

그 순간.

와아아아아아아———!!!!!

10만 병사의 외침이 지축을 뒤흔들었다.

"적이 사정거리 내에 접근하였습니다!!"

"소란스럽게 굴지 마라."

"죄, 죄송합니다."

"지휘부에서 흔들리면 병사는 더욱 혼란스러워한다."

그의 병력이 일제히 성도를 향해 진격하는 것을 바라보며 성곽 위에 서 있던 살만은 천천히 자신의 해머를 들어 올렸다.

"제1기사단을 제외한 나머지 병력은 처음 계획대로 적군을 막는다."

"알겠습니다."

"2, 3, 4기사단은 다른 곳에서 온 증원부대를 지휘하며 최대한 손실을 막는 것을 목표로 한다."

"넵!!!!"

흩어지는 기사를 바라보며 살만 알 샤르크는 생각했다.

'하루…… 아니, 반나절만 버티면 된다. 이제 와서 뒤늦은 공격이라니. 허를 찌르려고 한 것이라면 강무열, 너는 정말로 바보 같은 짓을 한 거다.'

아무리 적의 수가 많다고 하더라도 그는 자신이 있었다. 성이라는 이점뿐만 아니라 라엘 스탈렌과 함께 자신에게 내려진 신의 권능(權能).

쿠우웅……!!!

그가 해머를 성벽 아래로 내려치자 성 전체가 파르르 하고 떨렸다.

스팟-!!!

일순간 성벽 주위로 빛나는 직사각형의 거대한 방패가 생겨났다. 성 전체를 감싸는 불투명한 벽이 마치 불도저처럼 달려오는 적군을 밀어붙였다.

신의 방벽(Saint Barrier).

대부분의 사람이 살만 알 샤르크가 청기사이기 때문에 교단 기사단의 이름이 청기사단이라 생각하지만, 사실 그 반대였다.

성녀(聖女)라 칭해지는 라엘 스탈렌의 클래스가 청기사였기 때문이다.

쿠웅-!!

성도의 문이 열리고 빛의 방벽 뒤로 제1기사단이 모습을 드러냈다. 그 순간, 사원에서 흘러나와 성도 전체를 감싸던 옅은 빛이 지붕 끝에 모이더니 빛의 기둥이 되어 하늘 위로 솟구쳐 올랐다.

수비하는 병사는 자신의 몸에 스며드는 알 수 없는 힘을 느꼈다.

저벅- 저벅- 저벅-

'그녀가 성공했군.'

살만은 그 빛을 바라보며 만족스러운 듯 입꼬리를 올리며 바닥으로 걸어왔다.

"신탁(神託)은 내려졌다."

그는 출진을 기다리는 기사단을 향해 소리쳤다.

"지금부터 이것은 성전(聖戰)이다. 신은 성도를 수호하는 우리의 편이다."

와아아아아아---!!

와아아아---!!!

그의 말 한마디에 병사의 사기가 일순간 진작되어 투쟁심이 끓어올랐다.

"강무열, 너희의 그 더러운 발은 단 한 발자국도 성도에 들여놓지 못할 것이다."

구마기사(驅魔騎士).

살만 알 샤르크의 2차 직업.

일반적인 기사와 비슷하게 보이지만 로드 클래스(Lord Class)인 그에겐 특이점이 있었다. 라엘 스탈렌이 영혼샘에서 신탁을 받아 성전(聖戰)을 공포하는 순간, 그의 능력이 비약적으로 상승하는 것이다. 그리고 이 순간이야말로 그에게 있어서 살아 있는 느낌을 주는 아주 만족스러운 때였다.

'오랜만이군.'

마음껏 살해해 본 적이 언제였던가.

지금의 생활이 싫은 것은 아니었지만 그는 때때로 신탁에 따라 이단자를 토벌하던 그때가 그리웠다. 100명을 죽이면 그만큼 강해지고 1,000명을 죽이면 그 열 배로 강인한 힘을 얻는다.

살육(殺戮).

아니, 이것은 성전(聖戰)이기에 그에겐 일말의 죄책감조차 없었다. 오히려 이 순간을 기다려 왔다는 말이 더 옳을 것이다.

'눈앞에 10만의 악(惡)이 존재한다.'

바로, 마음껏 인간을 죽일 수 있는 순간.

"크아아아아……!!"

살만은 자신의 해머를 양손에 쥔 채로 달려 나갔다.

"사격 준비!! 발사⋯⋯!!!"

성벽에서 쏟아지는 화살들.

신의 방벽이 만들어진 뒤부터 위그 병사의 사기는 하늘을 찔렀다.

청기사단의 궁수부대가 일제히 성도로 몰려오는 적군을 향해 있는 힘껏 활시위를 당겼다.

스아아앙───!!!

그때였다.

"컥⋯⋯!"

"커컥⋯⋯!!"

활을 당기던 궁수들이 일순간 비틀거리며 쓰러졌다. 어둠 속에서 방향조차 알 수 없는 곳으로부터 날아오는 섬광(閃光).

아니, 화살 한 대가 계속해서 병사들을 저격했다.

"어, 어떻게⋯⋯?!"

지휘하던 부대장은 갑작스러운 습격에 믿을 수 없다는 표정을 지었다.

"분명⋯⋯ 신의 방벽이 유지되고 있는데⋯⋯. 바, 방패병!! 궁수를 보호⋯⋯!!"

그가 황급히 소리쳤지만 목을 정확히 관통하는 화살에 의

해 명령은 끝까지 이어지지 못했다.

"후……."

저 멀리, 형태조차 가늠할 수 없는 먼 거리에 있는 절벽 위에서 강건우는 당기던 게르발트를 천천히 내려놓았다.

"놀랍군. 대장의 말대로야."

뻐근한 손목을 한번 감으며 나지막한 목소리로 중얼거렸다. 화살이 필요 없는 반궁(叛弓)이라고는 하지만, 오히려 그렇기 때문에 화살을 생성하는 데 꽤 많은 체력이 소모되었다. 그러나 게르발트의 체력 소모량보다 놀라운 일은 따로 있었다.

'성벽 위의 지휘관은 모두 처리했다. 이제 남은 건 아래에 있는 너희의 몫이다.'

그리고는 있는 힘껏 하늘 위로 한 발의 화살을 쏘아 올렸다.

화살촉에 매단 최혁수가 만든 보옥이 공중에서 불꽃을 일으키며 터졌다. 비궁족의 집합을 알리는 신호탄.

"우리는 계획대로 성안으로 간다. 은밀하게 움직이되 합류 지점까지 늦지 않도록. 명심해라."

"알겠습니다."

"네."

강건우는 비궁족으로 구성되어 있는 궁수부대를 이끄는 부대장이다. 하지만 그의 뒤에 서 있는 사람들은 활과는 전혀 무관한 검은 로브를 입고 있었다.

그들은 다름 아닌 불멸회(不滅會)의 마법사. 그들이 들고 있는 스태프(Staff)에서 흘러나오는 불길의 검은 기운은 석연치 않았지만, 무열이 보낸 전문에 적힌 대로 그 힘을 받아 만든 게르발트의 화살은 신의 방벽을 아무렇지 않게 꿰뚫어버렸다.

타락(墮落).

대륙에서 유일하게 그 힘을 다룰 수 있는 자들이 지금 이곳에 있었다.

일반적인 화살로는 타락이 닿는 순간 녹아버려 오직 그의 반궁만이 그 힘을 쓸 수 있었다.

동시다발적으로 이뤄지는 전투.

강건우는 난전(難戰) 속에서 일사불란하게 움직이는 병사들을 바라봤다. 어지럽게 뒤엉켜 있지만 전황을 내려다보는 그의 눈에는 명확히 보였다.

규모가 큰 만큼 전장에는 다양한 부대가 있었다. 강찬석과 오르도창이 이끄는 무악부대, 이번에 새로이 창설된 윤선미의 마법병을 비롯해서 최혁수의 주술부대, 그리고 자신의 궁수대까지.

'하지만 단연 돋보이는 것은 필립 로엔이 훈련시킨 트라멜의 병사군.'

적재적소에 병력을 배치해 성도의 병사를 짓누르는 그의 지휘 능력은 난전 속에서도 빛나고 있었다.

'곧 있으면 동이 트기 시작한다. 그와 동시에 명령대로 최혁수의 진법이 발동되겠지. 그 안에 신의 방벽을 뚫고 성도에 닿아야 한다.'

강건우는 언덕 아래를 향해 몸을 돌렸다. 어느새 집결해 있는 그의 병력을 바라보며 그는 낮은 목소리로 중얼거렸다.

"놀랍군……. 이토록 완벽하게 속을 줄이야."

선두에 선 살만은 오직 눈앞의 적을 막는 데 급급해 성도에서 일어나는 일을 알아차리지 못한 듯 보였다.

'주어진 시간은 결코 길지 않다. 하지만 이 전투의 목적이 속도전이 아니라, 시간을 끌기 위함이라는 것은 그 누구도 예상할 수 없겠지.'

그는 활을 쥔 손이 가볍게 떨리는 것을 느꼈다.

'동이 트는 아침. 교단의 증원군이 오는 그 시점이 결착의 순간이다.'

그리고 모두가 믿어 의심치 않을 것이다.

"결국 이 전쟁을 결착시킬 사람은……."

단 한 사람뿐이라는 것을.

"좋았어."

바이칼 가르나드는 자신을 쫓아오는 병사를 바라보며 생각했다.

'공격이 시작되었군. 시간 한번 정확한걸.'

그는 쓴웃음을 지으며 나지막하게 중얼거렸다.

"10만의 병력을 모조리 미끼로 쓸 생각을 하다니. 나라면 절대로 못 할 짓이군. 뭐…… 생각해 보면 나 역시 미끼인 건가?"

콰앙……!! 콰가가강……!!!

마치 그의 혼잣말에 대답이라도 하는 듯 두 개의 감옥 중 하나에서 강렬한 폭발이 일어났다.

사원 반대편에서 뿜어져 나오는 검은 연기와 함께 들리는 비명. 무열의 명령으로 노승현이 맡은 곳이었다.

'안쪽도 시작했나 보군.'

바이칼이 손가락을 튕겼다. 그러자 그의 손바닥 위로 수십 개의 작은 녹색 빛의 불꽃이 생성돼서는 사방으로 흩어졌다.

염화령(炎火令)의 고유 스킬, 벨탄(Beltane).

불의 축제라는 의미의 이 힘은 정신감응이라는 특수 능력의 상위 단계라 할 수 있었다.

단순히 상대방에게 자신의 생각을 알리는 것이 아닌, 상대방의 생각 위에 자신의 생각을 덧씌워 의식의 흐름을 바꾸는 것.

불은 사람을 매혹시킨다. 상대방의 몸을 자신의 의지대로 조종하는 마녀술의 짚 인형과는 다른 능력이었다. 짚 인형이 상대의 육체만을 지배한다면 그의 벨탄은 의식 자체를 완전히 바꾸는 것이기에 마녀술로는 할 수 없는 일까지 할 수 있다.

가령, 이런 것까지.

"크아악······!!!"

바이칼 가르나드를 쫓아오던 병사들 중 선두에 있던 자들이 돌연 몸을 돌려 자신의 등 뒤에 있던 동료를 향해 창을 내질렀다.

"컥······ 커컥······."

"쿨럭······."

방어할 새도 없이 급작스러운 공격에 병사들은 자신의 복부를 관통한 동료의 무기를 어처구니없다는 얼굴로 바라봤다.

'이걸로 조금은 시간을 벌 수 있겠지.'

순식간에 피바다가 되어버린 복도를 달리며 바이칼은 낮은 목소리로 중얼거렸다.

"제물이 있는 두 개의 감옥은 모두 확보했다. 그녀의 힘을 유지시켜 줄 재료는 이제 없다는 것이겠지. 남은 건 라엘 스탈렌이 가진 진짜 힘을 끌어내는 것뿐인데."

그는 복도 아래에 있는 숨겨진 문의 손잡이를 잡아당기면서 생각했다.

'라엘 스탈렌과 살만이 당신이 이곳에 있다는 것을 모를 리 없다. 그럼에도 아무런 손을 쓰지 않는 건 뭔가 꿍꿍이가 있어서겠지. 나머지는 당신이 하기에 달렸다는 말이겠군.'

"강무열."

전투가 한창인 성도의 지하.

영혼샘이 존재하는 그곳은 마치 다른 세상처럼 신비로운 빛으로 가득했다.

우웅…….

빛의 구체가 사방으로 날아다니고 샘 위로 솟아오르는 물방울은 중력을 잊은 채 무릎을 꿇고 기도하는 라엘 스탈렌의 주위를 맴돌았다.

콰가가강———!!!

샘에서 응축된 금빛 섬광이 지하에서부터 사원의 지붕을 뚫고 위그 전역에 퍼지자 어두웠던 지하가 순간 한낮처럼 밝아졌다.

'인간이 이 정도까지의 신력을 가졌다니. 외지인은 특수한 힘을 가진다는 게 사실이었구나.'

오직 성녀만이 출입할 수 있는 영혼샘에 또 다른 한 사람이 있었다. 인간의 것이라고 하기엔 긴 귀와 푸른빛의 머리카락을 가진 여인. 그녀는 다름 아닌 엘븐하임의 통치자이자 엘프 7가문의 수장인 퓌렐 갈라드 티누비엘이었다.

[언제 봐도 멋지지 않아?]

등 뒤에서 들려오는 목소리에 그녀는 화들짝 놀라며 황급히 뒤로 돌았다. 존재를 확인한 그녀는 더욱더 놀라며 서둘러 무릎을 꿇고 머리를 조아렸다.

[그렇게 예를 차릴 필요 없다.]

"화…… 황공하옵니다."

자신의 턱을 가볍게 쓸어 올리는 손길에 티누비엘은 마치 간택을 받은 궁녀처럼 눈을 반짝였다.

그 모습에 답하는 것은 비릿한 미소. 날카로운 송곳니가 보인다.

악마와 같은 검은 머리카락이 찰랑거리자 달콤한 향이 느껴졌다.

[손님 맞을 준비를 하여라.]

"알겠습니다."

자리에서 일어나 문을 빠져나가는 그녀의 뒷모습을 바라보며 디아고는 흐뭇하게 웃었다.

신의 대리자. 대륙에서 락슈무를 모시는 제단인 이곳에 그가 있다는 것이 이상한 일은 아니다. 하지만 문제는 지금의 상황이었다.

'드디어 여기까지 왔군, 강무열.'

그는 기다리고 있었다.

고작 인간의 목숨. 한 명이 죽든 10만이 죽든 그의 눈에는 매한가지였다. 길바닥에 개미가 발에 짓눌려 죽는다고 슬퍼하기는커녕 알아차리지도 못하는 것처럼.

[이번에야말로.]

그는 마치 재밌는 장난감을 기다리는 아이처럼 묘한 미소를 띠며 어둠 속으로 사라졌다.

✦

'여긴가……?'

무열은 기억을 더듬었다. 권좌를 두고 인간군 4강을 모두 물리친 이강호는 마지막으로 라엘 스탈렌을 정리했었다. 그 당시 전장이 바로 이곳이다.

블루로어는 절대로 다른 권세를 습격하지 않는다. 청기사인 라엘 스탈렌의 고유 스킬은 오직 이곳, 영혼샘이 있는 곳에서만 가능했고, 그와 더불어 살만과 청기사단은 그녀의 권능 아래에서 더 강해지기 때문이었다.

'사실상 교단은 권좌 전쟁에 직접적인 영향을 끼치지 않았다. 단 한 번도 전장에 모습을 드러낸 적이 없으니까. 그럼에도 불구하고 이강호가 그녀를 처단한 이유.'

그건 단 하나. 바로, 세븐 쓰론의 마지막을 결정하는 권좌(權座)가 바로 이곳, 성도인 위그(Ygg)에 있기 때문이었다.

모든 것이 신의 뜻이라 여기며 이곳에서 살고자 권좌를 수호하는 이들과 현실에 돌아가기 위해서는 그들을 처단할 수밖에 없는 이강호.

그는 선택할 수밖에 없었다.

물론 인간군 최강자 자리에 오른 그의 결정을 막을 수 있는 사람은 당연히 없었다. 하지만 수백만의 시체를 밟고 오를 수밖에 없는 이유 역시 이해한다.

그럼에도 불구하고 사람들은 두려워하지 않을 수 없었다. 권좌에 오르기 위해서 블루로어를 친다는 것은 신을 믿는 자에게 검을 겨누는 것이기 때문이었다.

'우습지. 현실로 돌아가기 위해 해야 할 마지막 일이 결국 신에 대한 반기(反旗)라니.'

전생의 결과를 알고 있는 무열로서는 어쩌면 이것조차도 지독한 신의 안배라 생각했다.

'애초에 우리를 돌아가게 할 생각이 없었던 것일지도 모르지.'

핑계는 충분했다. 자신에게 검을 겨눈 인간에게 신은 은총을 베풀 필요가 없었으니까.

쿠그그극…….

미로 같은 사원의 복도를 따라 내려가 무열은 있는 힘껏 문을 열었다.

"……!!!"

[지독한 냄새로군.]

거대한 지하의 문이 열리자 눈이 아플 정도로 찬란한 빛이 뿜어져 나왔다. 하지만 그런 아름다운 광경에도 불구하고 쿤겐의 감상은 전혀 다른 것이었다.

[이게 전부…… 저 여자가 한 짓이라는 건가.]

[놀랍군.]

그리고 그 반응은 쿤겐만이 아니었다. 억겁의 시간을 살아왔던 다른 정령왕조차 눈앞의 펼쳐진 광경에 혀를 내두르고 말았다.

"세상에 공짜는 절대 없는 법이니까."

무열은 차가운 눈빛으로 앞을 바라보며 말했다.

"저게 라엘 스탈렌의 능력의 진짜 모습이지."

영혼샘 주위로 가득한 시체들.

권능이라 불리는 그 힘은 결코 그녀의 것이 아니다.

등가교환(等價交換).

그녀가 그 힘을 사용하기 위해서 필요한 제물.

낙인찍힌 시체들이 썩는 냄새와 그들로부터 흘러나온 붉은 피가 뒤엉겨 있는 그곳에 은총이 충만한 얼굴로 서 있는 그녀가 무열을 바라봤다.

"신탁(神託)은 내려졌다."

라엘 스탈렌은 헝클어진 머리를 추스르며 웃기 시작했다.

"늦었어. 큭…… 크큭……. 넌 이제 끝이야. 제 발로 이곳에 찾아온 걸 후회하게 될 것이다."

저 멀리서 들려오는 전투 소리를 덮는 함성이 성도 안에서 들려왔다. 무열은 그게 무엇을 의미하는지 알 수 있었다.

"증원군이 도착했다."

"……."

그 수는 가히 50만을 넘어섰다. 무열의 권세에서는 그 어떤 함성도 들리지 않고 오직 저들의 것만 들렸다.

"감히…… 신의 뜻을 거역하려 해? 인간 주제에?"

라엘 스탈렌은 영혼샘에서 천천히 걸어 나왔다. 붉은 피가 그녀의 새하얀 로브의 끝자락을 적셨다.

"이렇게 숨어들어 오면 우리가 네 존재를 모를 거라 생각했나? 너는 오늘 밤을 넘기기 전에 승부를 내려고 했겠지. 하지만 오산이야. 우유부단하게 며칠을 허비한 것이 너의 패착이다. 신의 은총을 받은 나의 군사는 너와 비교도 할 수 없는 속도로 진군할 수 있었거든."

그녀는 자신만만한 얼굴로 무열에게 말했다.

"그래?"

하지만 그런 그녀의 말에 오히려 무열은 담담한 표정으로 말했다.

"예상대로 너와 살만이 아니라면 성도 안에 들어오는 사람을 제대로 확인하지 못하나 보군."

"……그게 무슨."

"내가 기다린 것은 결정을 못 내려서가 아니다. 나 역시 너와 마찬가지로 기다린 것뿐."

무열의 말에 그녀의 얼굴이 일그러졌다.

"내 증원군을."

"……뭐?"

"컥…… 커컥……!!"

날카로운 단검이 병사의 목에 박혔다.

촤라락……!!

손가락 마디마디에 세워진 단검이 마치 생명을 가진 것처럼 제각각 움직였다.

푸욱……!! 푹……!!

빠르게 한 바퀴 몸을 회전하고서 다시 한번 공중으로 뛰어올라 조금 전 단검을 박아 넣은 병사의 몸을 타고 한 바퀴 회전하며 착지했다.

"정말 사람을 함부로 굴린다니까, 우리 대장은."

여자를 포위한 병사들의 팔과 다리, 어깨와 무릎 할 것 없이 전신에 단검이 박혔다. 눈 깜짝할 사이에 벌어진 일이었다.

툴썩—

열댓 명의 병사가 줄이 끊어진 인형처럼 그 자리에서 쓰러졌다.

즉사(即死)였다. 병사는 자신의 죽음조차 알지 못한 듯 눈을 동그랗게 뜬 채로 죽었다.

그녀는 시체에서 단검을 뽑아 검집에 넣고서 익숙한 솜씨로 벽을 타 지붕 위로 올라섰다.

"후우……."

거추장스러운 듯 뒷머리를 질끈 묶고는 낮은 목소리로 중얼거렸다.

"정말……. 이런 일을 벌이려면 좀 미리 얘기해 주면 얼마나 좋아. 모자란 재료를 찾느라 정말 죽는 줄 알았다고."

그녀는 가죽 장갑을 벗고서 인벤토리에서 '비아스의 반지'

를 꺼내어 왼쪽 손가락에 꼈다.

반짝이는 동전 모양의 보석이 박힌 반지.

만족스러운 듯 미소 짓는 그녀는 다름 아닌 최은별이었다.

분명 42거점에서 포스나인을 따라 성도로 향하고 있어야 할 그녀가 어찌 된 영문인지 적진 한가운데에 홀로 들어와 있었다.

저 멀리 필립 로엔과 살만 알 샤르크의 병력이 격돌하고 있는 것이 보였다.

주요 병력이 모두 빠져나간 뒤 성벽에서 감시하던 지휘관들이 강건우의 게르발트로 인해 사살되어 그녀는 손쉽게 성도 안으로 잠입할 수 있었다.

"어디…… 성능 좀 구경해 볼까?"

최은별은 허리춤에 있는 작은 주머니에서 무언가를 꺼냈다. 녹이 잔뜩 슨 낡은 저울대와 그와는 반대로 금으로 도금되어 있는 나침판이었다.

차르릉-

오래된 유물 같은 두 개의 아이템이 경쾌한 소리를 냈다.

무열의 명령에 세븐 쓰론 해역에 존재하는 섬을 공략하면서 얻은 세 개의 유물은 결코 쉽게 얻을 수 있는 것이 아니었다.

수속성의 능력치를 비약적으로 증가시켜 주는 아이템인 '비아스의 반지'.

오직 해적만 사용 가능하고 특정 조건을 만족시켰을 때 사용자에게 흔들리지 않는 균형을 일깨워 준다는 '고데바란의 천칭'.

그리고 마지막으로 오직 자신과 자신의 동료들에게 길을 잃지 않는 의지를 심어준다는 '황제의 나침판'.

모두 S등급의 아이템이었다. 그러나 아이템의 설명부터 사용 효과까지 정확한 것이 없고 그저 애매모호한 설명뿐이었다.

특히 '고데바란의 천칭' 같은 경우는 그 효능이 상인에게도, 해적과도 어울리지 않아 S등급이라고 하기에는 너무나 볼품없었다.

'흔들리지 않는 균형. 그것이 의미하는 것이 무엇인지 알지 못한다면 천칭은 그저 쓰레기에 불과하지. 나 역시 그렇게 생각했고 말이야.'

양손에 두 개의 유물을 쥐고서 최은별은 매혹적으로 아랫입술을 깨물었다.

"오직 너만이 할 수 있는 일이다."

그녀는 무열이 했던 말을 떠올렸다. 그러고는 고개를 절레절레 저었다. 돌이켜 보면 허무맹랑한 명령이 아닐 수 없었다.

하지만 화가 나거나 한 것이 아니다. 오히려 즐거워하는 모습이었다.

촤르륵———!!!!

양팔을 좌우로 벌리자 그녀가 가지고 있는 세 개의 유물이 서로 공명하는 것처럼 떨리기 시작했다.

'칫……. S등급 세 개를 한꺼번에 사용하는 건 역시 버거운가? 정신 바짝 차려야겠어.'

자신의 의지와는 상관없이 전신이 요동치는 느낌을 받으며 오히려 무구에게 휩쓸리지 않고자 이를 악물었다.

우우우웅……!!

반지에서 흐르는 빛이 천칭과 나침판에 흘러들자 그것들이 마치 새것처럼 빛나기 시작했다.

팔을 뻗어 세 개의 유물을 머리 위로 들어 올렸다.

콰가가가가강———!!!!

콰가강———!!!

그때였다. 최은별의 머리 위로 푸른 문이 생성되며 그 문을 통해 넘실거리는 파도가 몰아쳐 쏟아지기 시작했다.

"뭐, 뭐야?!"

"우아악!!"

성도의 병사들은 갑자기 하늘에서 쏟아지는 파도에 어찌할 바를 모르고 우왕좌왕하다 휩쓸렸다.

순식간에 물바다가 되어버린 성도. 하지만 그게 끝이 아니었다.

"운반업자가 옮기지 못하는 것은 없거든. 물건도 사람도, 그리고……."

그녀는 마치 스스로에게 말하듯 읊조렸다.

부우우우우……!!!

뱃고동 소리가 들렸다.

위그는 내륙에 위치한 성이었다. 숲으로 둘러싸여 있는 이곳은 바다와는 거리가 멀었다. 이곳에서 나고 자란 사람 중에는 바다를 단 한 번도 본 적 없는 사람도 있었다.

그렇기에 절대로 상상할 수 없는 일이 벌어지고 말았다.

"저게…… 뭐야?"

한차례 파도가 사라진 뒤, 머리 위로 드리워지는 그림자에 사람들은 넋을 잃고 하늘을 바라봤다.

"공격하라……!!!!"

쿠샨 사지드의 목소리가 울렸다. 쏟아지는 파도를 타고 내려온 것은 놀랍게도 거대한 함선이었다.

콰가가가가가강---!!!

콰가가강---!!

함선에서 쏘아 올린 대포에서 터지는 폭음이 성도 여기저기에 울려 퍼졌다.

"으아악!!"

"아악!!"

비명이 들렸다.

성도의 벽에 막혀 차오르는 물은 함선이 떠오를 만큼 높아져 마치 거대한 호수를 연상케 했다.

모든 것은 계획대로였다.

최은별은 허리춤에 있는 자신의 세검을 뽑으며 피식 웃으며 외쳤다.

"반격이다."

지하에 있는 사원이 지진이라도 난 듯 거칠게 흔들렸다. 갑작스러운 상황에 라엘 스탈렌은 당혹스러움을 감추지 못했다.

"지금…… 네놈이 무슨 짓을 한지 알기나 하느냐!!"

물바다로 변한 성도의 상황에 그녀는 악에 받친 듯 소리쳤다.

그러나 무열은 차갑게 말했다.

"그런 말은 네 주위나 보고 말하는 게 어때?"

너부러진 시체들. 그것들을 보고서도 저런 말이 나올 수 있을까. 무열은 어처구니가 없을 뿐이다.

"이건…… 모두 신의 뜻이다."

콰악-!!!

그 한마디에 무열은 더 이상 참지 못하고 라엘 스탈렌의 목을 움켜잡았다.

"너 때문에 얼마나 많은 사람이 죽었는지 몰라서 그따위 헛소리를 지껄이는 거냐."

"컥…… 크큭……."

숨을 쉬기 힘든 듯 그녀는 무열의 손을 부여잡았다.

"……영웅인 척하지 마. 너 역시 사람을 죽인 건 마찬가지 잖아?"

그녀는 시뻘게진 얼굴로 말했다.

당장에라도 목을 비틀어버리고 싶었지만 무열은 힘을 주었 던 손을 풀며 그녀를 밀쳤다.

"이대로 죽여봤자 어차피 넌 되살아나겠지. 그저 너 대신에 낙인이 찍힌 자가 죽을 뿐일 테고."

뒤틀린 권능의 실체.

무열은 차가운 눈빛으로 그녀를 바라봤다.

"저걸 부수지 않는 이상 말이야."

"……넌 절대로 부수지 못해. 아니, 네가 아니라 그 누구도 말이야."

그의 말에 라엘 스탈렌은 냉소를 지었다. 그녀의 말대로였 다. 신탁(神託)을 받는 성스러운 이곳은 그저 힘으로만 부술 수 없다. 아무리 잔인하게 사람을 죽이고 시체가 난무한 곳이라 하더라도 우습게도 성역이라는 이름을 가진 곳이니까.

"네가 가진 정령의 힘으로도 불가능한 일이다."

"……."

신의 힘에 반하는 유일한 힘. 균열로부터 생성된 힘이 아닌 이상 영혼샘을 파괴할 수 없었다.

정령은 분명 균열에서 파생된 존재이지만 원소의 힘을 빌려 자신의 힘을 현신하는 존재. 순수한 타락(墮落)이 아니었다.

"그래, 나는 불가능하지."

무열은 낮은 목소리로 말했다. 이강호와 라엘 스탈렌이 일전을 벌였을 때도 영혼샘을 파괴한 사람은 따로 있었다.

콰아아앙─!!!

그때였다. 사원의 지붕이 부서지면서 그 안으로 차가운 공기가 들어왔다. 라엘 스탈렌은 깜짝 놀라며 황급히 위를 쳐다봤다.

"무…… 무슨……!!"

검은 로브를 입은 자들이 부서진 사원 위에서 그녀를 내려다보고 있었다.

"부름을 받고 왔습니다."

"직접 보는 건 처음인가? 먼 길을 왔군."

강건우와 함께 나타난 검은 마법사들. 무열은 그중에 선두에 선 남자를 향해 말했다.

"아닙니다. 오히려 마스터만이 열람할 수 있는 도서실을 개방해 주신 배려에 감사할 따름입니다. 덕분에 저를 비롯한 불멸회의 10인은 더 높은 단계의 마법을 익힐 수 있었습니다."

그는 무열을 향해 천천히 고개를 숙였다. 굵직한 목소리와 함께 감춰진 짙은 눈매가 로브 속에서 보였다.

인간군 최강자라 불리던 이강호조차 하지 못한 영혼샘을 파괴할 수 있었던 존재. 전생(前生)에서 안티홈의 주인이자 그 누구보다 타락(墮落)에 가장 가까이 다가갔던 남자. 하미드 자하르.

그는 가볍게 입꼬리를 올리며 영혼샘을 바라봤다.

"저겁니까. 저희들이 파괴해야 할 것이."

저릿저릿하게 피부로 느껴지는 마력이 가득 담긴 샘을 바라보며 그는 마치 맛있는 먹잇감을 눈앞에 둔 맹수처럼 미소를 지었다.

그 순간, 본능적으로 느껴지는 불안감.

라엘 스탈렌은 처음으로 떨리는 목소리로 외쳤다.

"아…… 안 돼!!"

성벽 위로 넘치는 물을 바라보며 살만은 자신도 모르게 욕지거리를 내뱉고 말았다. 그 누구의 침입도 불허(不許)하는 신의 방벽을 뚫고 적이 들어올 것이라고는 상상조차 하지 못했기 때문이었다.

"도대체 그 엘프 년은 뭘 하고 있는 거야!!"

신을 모시는 자에게 어울리지 않는 말투였다. 지금까지 항상 진중한 모습만 봐왔던 기사들은 처음 보는 살만의 모습에 깜짝 놀라지 않을 수 없었다.

그때였다. 등골이 오싹한 느낌에 그는 황급히 고개를 돌렸다.

"잡았다."

콰아아아아앙—!!!!

굉음과 함께 필립 로엔의 창이 살만을 향해 찔러 들어갔다. 그러나 날카로운 공격임에도 불구하고 그의 공격 따윈 안중에도 없다는 듯 살만은 무표정한 얼굴로 그를 바라봤다.

"⋯⋯네가 지휘관인가? 이런 공격이 내게 통할 것 같으냐."

"알고 있다. 너, 성도 근처에 있으면 죽지도 못할 만큼 철벽과도 같은 방어력이 생긴다면서? 너나 그 여자나 모두 괴물 같군."

필립 로엔은 살만의 전신을 보호하는 반투명한 보호막을 바라보며 낮은 목소리로 대답했다.

"하지만 언제까지 성도의 힘이 널 지켜줄 거라고 생각하지?"

"멍청한 소리. 신의 힘은 영원하다."

"그래?"

그의 냉소만큼이나 그의 창이 차갑게 울기 시작했다. 마치 피를 마시고 싶어 안달이 난 듯 떨렸다.

"흑참칠식을 모두 끝내고 제대로 된 상대가 없었는데. 너라면 시험해 볼 만하겠어."

필립 로엔이 자세를 잡았다.

두 손으로 가볍게 쥔 창대가 파르르 움직였다.

"여덟 번째."

극의(極意).

30m, 10m…… · 1m.

순식간에 좁혀 들어가는 두 사람의 거리는 어느새 지척이 되고 아슬아슬하게 종이 한 장이 지나갈 정도의 간극이 되었을 때, 필립 로엔은 속도의 영역을 뛰어넘었다. 그의 잔상이 마치 환영처럼 수십 개로 갈라져 보였다.

"크아아아!!"

눈으로 좇을 수 없는 공격에 살만은 고함을 내지르며 있는 힘껏 해머를 휘둘렀다. 해머의 머리에 정확히 흑참의 날이 박혔다.

쿠르르르―

그때였다. 성도를 감싸고 있던 황금빛이 흐릿해지면서 점차 사라지기 시작했다.

"이…… 이익!!"

성도가 빛을 잃음과 동시에 살만의 해머 역시 마찬가지로 평범한 회색빛으로 변했다.

필립 로엔은 그 모습을 바라보며 말했다.

"생각보다 빠르군. 대단하신 신의 힘이 사라지는 것이 말이야."

"닥쳐!!"

카극…… 카그그극……!!

흑참의 날이 점차 살만의 해머를 파고들었다. 쇠가 갈리는 기괴한 소리와 함께 그의 얼굴 역시 구겨지기 시작했다.

"크아아아아!!!"

필립 로엔의 포효와 함께 살만의 몸이 크게 휘청거렸다.

크앙-!!

창날이 다시 한번 울자 그의 해머가 산산조각이 났다. 그러나 흑참의 기세는 거기서 그치지 않고 오히려 더욱 빠르게 솟구쳤다.

쾅!! 콰쾅-!!!

콰가가가가가가강-!!!!!

수십, 수백의 창격이 소나기처럼 쏟아졌다. 노승현의 빙결창이 일격의 창이라면 필립 로엔의 흑참칠식은 끊임없는 연속기였다.

"크윽?!"

살만의 어깨 갑옷이 더 이상 버티지 못하고 가루가 되며 부서지고 말았다. 그를 보호해 주던 실드는 더 이상 그 힘을 다

하지 못했다.

"……."

"……."

전장에 서 있던 병사들조차 필립 로엔의 무위에 싸움조차 잊은 듯 자신도 모르게 넋을 잃고 바라보고 말았다.

쿠웅—

둔탁한 충격음과 함께 살만의 무릎이 땅에 닿았다.

마치 거목처럼 지금껏 단 한 번도 쓰러진 적이 없던 그의 무너짐은 순식간에 전장의 분위기를 뒤바꿔 놓았다.

"후우……."

필립 로엔은 그제야 참았던 숨을 토해냈다. 전신의 근육이 찢기는 듯한 고통이 느껴졌지만, 그의 표정은 되레 홀가분해 보였다.

'대단하군.'

두 사람의 격돌을 지켜본 강찬석은 손바닥에 자신도 모르게 땀이 맺혔음을 느꼈다. 그와 마찬가지로 자신 역시 무(武)로써 이 대륙에 이름을 남기고 있는 자였으니까.

어쩌면 무열조차 이 모습을 본다면 노승현과 필립 로엔의 창술에 대한 결론을 다시 한번 고려해 봐야 한다고 생각할 것이다.

전생(前生)에서 그의 이명은 창왕(槍王).

전생에서 수년 뒤에 완성할 흑참칠식의 정점에 단 1년 만에 도달한 지금, 그 역시 전생의 자신과는 전혀 다른 사람이 되어 있었으니까.

탁—

필립 로엔은 살만 알 샤르크의 목에 창을 겨누었다. 더 이상 그를 보호해 줄 수 있는 것은 아무것도 없었다. 살만은 망연자실한 얼굴로 그저 라엘 스탈렌이 있을 성도를 바라볼 뿐이었다.

촤아아악……!!!

잘린 목에서 붉은 피가 솟구쳤다. 패자에게 자비는 없었다. 그저 지나가는 하나의 관문 중 하나인 양 살만의 시체를 지나치는 필립 로엔은 더 이상 눈길조차 주지 않았다.

뺨에 튄 피를 손등으로 닦아내며 그는 담담한 목소리로 말했다.

"진격하라."

"어떻게……."

삽시간에 무너진 성도를 바라보며 라엘 스탈렌은 망연자실한 표정을 지었다.

그녀의 원천은 영혼샘. 그런데 그것을 불멸회의 마법사들에게서 흘러나오는 검은 기운이 점차 물들이고 있었다.

"네가 할 수 있는 것은 아무것도 없다, 라엘 스탈렌."

제아무리 증원군이 왔다 하더라도 그녀의 권능이 없는 한 무용지물이었다.

"내가…… 이대로 널 그냥 둘 것 같아?"

라엘 스탈렌은 악에 받친 목소리로 말하며 무열을 노려봤다. 하지만 그는 아무렇지 않게 대답했다.

"그럼? 나의 가족이라도 인질로 잡을 생각인가?"

"……!!!"

"네가 신의 권능을 쓰기 위해서 몇 가지 조건이 필요하지. 그중에 하나는 이곳 성도, 또 하나는 바로 제물."

"……!!!"

지금까지 숨겼던 자신의 비밀을 알고 있는 무열의 모습에 그녀는 표정을 감출 수 없었다.

"하지만 아무나 제물이 될 순 없지. 낙인이 찍힌 사람만이 너의 제물이 될 수 있고 그 제물이 성도 안에 있어야만 권능을 사용할 수 있지. 안 그래?"

불사(不死)의 존재.

하지만 그녀의 그 힘은 완벽한 것이 아니었다. 그저 자신의 목숨 대신 타인의 목숨을 사용하는 것뿐. 또한 영혼샘을 사용하기 위해서는 막대한 생명력이 필요했다.

"네가 그걸 어떻게……."

라엘 스탈렌은 인상을 구기며 말했다.

이상했다. 애초에 영혼샘이 있는 이곳 역시 살만을 제외한 자신의 신도 중 그 누구도 알지 못하는 비밀 장소이지 않은가.

그러나 무열은 모든 것을 알고 있었다.

"네가 내 가족에게 낙인을 찍으려 했다는 걸 안다. 어떻게 생각하면 고마운 일이지. 그 덕분에 따로 가족을 떼어놓아서 찾기도 쉬웠거든."

무열의 말에 라엘 스탈렌은 황급히 자신의 손목에 있는 낙인을 바라봤다. 하지만 손목엔 아무것도 없이 깨끗했다.

낙인은 곧 제물을 뜻한다. 제물의 수가 많을수록 그녀의 낙인 색깔 역시 진하게 유지된다. 그러나 지금 그녀의 손목엔 낙인이 흔적조차 없었다.

"무슨 짓을……!!"

당황하는 라엘을 바라보며 무열은 만족스러운 듯 미소를 지었다.

"너…… 도대체 정체가 뭐야."

하지만 그 물음의 대답 대신, 그는 차가운 날이 서린 검을 천천히 그녀를 향해 뽑았다.

"하아…… 하아……. 내가 다시는 같이 일하나 봐라. 저건 강심장이 아니라 아예 심장이 없는 거 아냐? 정말 아슬아슬했다고. 조금만 늦었어도 영혼샘이 다시 발동했을 텐데."

바이칼 가르나드는 눈썹을 찡그리며 지친 기색이 역력한 얼굴로 지붕 위에 대자로 드러누워 혼잣말을 중얼거렸다.

"왜? 재밌지 않아?"

등 뒤에서 들려오는 목소리에 그는 돌아볼 힘도 없다는 듯 그대로 말했다.

"덕분에 살았다. 그쪽이 비밀 감옥을 찾지 못했다면 강무열의 가족을 포켓 안에 넣을 수 없었을 거야. 감옥은 미리 위치를 봐둬서 제물들을 빠져나가게 할 수 있었지만."

"나야말로. 나는 그저 길잡이일 뿐, 너의 아공간(亞空間)이 아니었으면 대장의 가족을 지키지 못했을 테니까."

물바다가 되어버린 성도에 떠 있는 함선을 바라보며 피식 웃는 사람은 다름 아닌 진아륜이었다.

"보면 볼수록 운반업자들은 대단하군. 저런 말도 안 되는 걸 넣을 수 있는 것도 놀랍지만…… 포켓이라 불리는 아공간은 신의 권능조차 닿지 않는다니 말이야."

그의 말에 바이칼은 자신의 목에 걸린 작은 주머니를 만지며 말했다.

"적어도 이곳에 있는 한 안전할 거다."

"다행이로군."

최은별이 포스나인의 강물을 성도로 끌어들여 함선을 소환했을 때 그 안에 타고 있던 진아륜은 위그의 사원이 보이자마자 그대로 그곳을 향해 질주했다.

길을 헤매거나 하지는 않았다. 이미 무열이 보낸 지도가 있었으니까. 부족했던 것은 시간이었다.

"별말을……. 하지만 두 번 다시는 못 할 짓이야."

그건 바이칼 역시 마찬가지였다. 감옥에서 낙인이 찍힌 사람들을 구해낸 뒤에 숨겨진 낙인의 방을 진아륜이 해체시켜 놓지 않았더라면 아마 시간을 맞출 수 없었을 거라고 생각했다.

마치 오래전부터 호흡을 맞춘 것처럼.

"그래? 난 그쪽과 함께라면 왠지 더 많은 일을 할 수 있을 것 같은데."

질색이라는 얼굴로 답하는 바이칼을 보며 진아륜은 오히려 피식 웃으며 즐거운 듯 말했다.

"드디어…… 끝이 보이는군."

바이칼이 몸을 일으켜 주먹을 쥐어 진아륜에게 내밀었다. 두 개의 주먹이 가볍게 부딪치고 그가 천천히 고개를 끄덕였다.

"그래, 우리의 승리다."

77장
쪽지

"자!! 여기로!!"

"트라멜에서 온 구호물자는 모두 바깥으로 빼고!"

"보수 자재를 최우선으로 확보해!"

위그를 가득 채운 물이 모두 빠지기까지는 생각보다 많은 시간이 걸리지 않았다.

전장에 모인 병력은 족히 80만이 넘었다. 성도대전(聖都大戰)이라 칭해질 만큼 엄청난 수의 권세가 모였음에도 그 피해는 생각보다 미미했다.

"사람의 적응력은 대단하다고 할 수밖에 없네요. 이제는 저희를 신의 사자라 부르기까지 하고 있으니 말이에요."

각지에서 도착한 교단의 증원군과 무열의 군대가 대치한 상황에서 만약 두 세력이 정면으로 격돌했다면, 아마 위그의 앞마당은 폭우가 쏟아져도 씻겨 나가지 않을 만큼 피로 물들었을 것이다.

"……."

무열은 최혁수의 말에 아무런 말도 하지 않았다. 그저 성벽 아래에 있는 사람들을 바라볼 뿐이었다.

"효수했던 라엘 스탈렌과 살만의 목을 이제 내리도록 해."

성도라는 이름과 어울리지 않는 두 구의 시체.

일주일 넘게 기둥에 매달려 있던 시체는 말라비틀어지고 까마귀가 여기저기 파먹어 더 이상 그 형체를 알아보기 힘들었다.

그 두 구의 시체가 누구라는 것을 알려주는 건 그저 생전에 입고 있던 옷뿐이었다.

"화장(火葬)하도록 해. 불에 태우는 것이 그나마 가장 나은 방법일 테니까."

본보기였다.

그러나 자신의 권세에 반기를 들면 이렇게 된다는 것을 보여주는 것이 아니다.

'말도 안 돼. 권능이 모두 가짜라고?'

'지금껏 산 제물을 바쳤다니. 도대체 얼마나 많은 사람이 죽은 거야?'

'위선자……!!'

두 눈을 감자 사람들의 목소리가 들리는 것 같았다.

성도를 지키기 위해 모인 교단의 증원군 앞에 족쇄가 채워져 나타난 라엘 스탈렌의 모습에 처음에 그들은 당장에라도 무열을 죽일 듯한 기세로 진격했다.

하지만 생각지도 못한 존재가 그녀의 옆에 서 있었다.

'최소한의 피로 교단을 무너뜨리기 위해서는 교단과 손잡는 것이 가장 좋은 방법이었다. 물론, 라엘 스탈렌이 아닌 다른 사람.'

전(前) 교주, 레미엘 주르. 무열에 의해 구해진 그는 만인 앞에서 라엘 스탈렌의 악행을 폭로했다. 처음에는 믿지 않으려던 자도 그가 직접 보인 낙인의 증거와 감옥에서 풀려 나온 제물의 증언에 믿을 수밖에 없었다.

여론은 단숨에 기울었다.

'동맹을 맺는 것은 쉽다. 공통된 적을 주기만 하면 그 뒤는 알아서 이뤄지니까.'

무열이 필립 로엔의 병력을 대기시켰던 이유는 최은별의 잠입을 위함도 있었지만, 교단의 증원군을 기다리려는 목적도 있었다.

'그저 승리하는 건 또 다른 희생을 야기할 뿐. 이강호가 실

패했던 가장 큰 이유가 바로 교단과의 전쟁 때문이었으니까.'

하지만 무열은 레미엘 주르를 자신의 손아귀에 쥠으로써 교단의 명맥을 유지하되 권좌를 노리는 라이벌을 제거하고자 했다.

'생각보다 그가 열심히 움직여 준 덕분에 사람들은 오히려 트라멜의 병력이 성도를 구하기 위해 움직인 걸로 믿고 있다.'

그런 생각을 하자 무열은 쓴웃음을 지었다. 조금 전 최혁수의 말이 생각났기 때문이었다. 사람들은 그저 그렇게 믿고 싶은 것일지도 모른다.

자신 또한 권좌에 오르기 위해서 교주와 손을 잡지 않았던가.

'연기가 필요했던 거지만……'

무열은 천천히 고개를 돌렸다. 병사들이 두 구의 시체를 기둥에서 끌어 내리고 있었다.

'뒷맛이 쓰군.'

대륙에서 가장 거대한 권세 중 하나였던 교단 우두머리의 말로치고는 너무나도 보잘것없었다.

"돌아간다. 아직 해야 할 일이 많다."

"네."

무열은 허리에 잠겨 있는 검에 손을 얹으며 성벽을 내려 갔다.

탈칵.

모두가 잠든 밤.

해가 떠 있는 동안은 소란스러웠던 도로도 지금은 가로등조차 켜지지 않았다.

새벽까지 이어지는 보수 작업이 끝나고 성도에 있는 사람들은 피곤에 지쳤다.

어둠 속을 걷는 존재를 알아차리는 사람은 아무도 없었다.

'여전히 의문이 남는군.'

골목 뒤로 나 있는 문을 통과하면 성도 뒤에 있는 산으로 빠지는 길이 나온다.

그곳의 작은 사원.

사람의 발길이 닿지 않아 여기저기 풀과 나무가 자라나 있는 이곳은 성도에서 살고 있는 사람조차 이런 곳이 있는지 알지 못한다.

"……."

그곳을 물끄러미 바라보는 남자. 다름 아닌 무열이었다. 그의 눈빛이 흔들렸다. 여러 가지 생각이 교차되는 순간이었기 때문이다.

저벅, 저벅, 저벅.

그는 사원 안으로 천천히 걸어갔다.

사원은 그다지 크지 않았다. 얼마 지나지 않아 낡고 이끼가 잔뜩 낀 석좌(石座) 하나가 그의 앞에 나타났다. 무척이나 지저분했다.

무열은 천천히 돌의자의 윗부분을 쓰다듬듯이 만지며 낮은 목소리로 중얼거렸다.

"권좌(權座)……."

그 누가 알겠는가. 다 부서져 가는 그 의자가 바로 자신이 인간의 정점에 섰다는 것을 밝혀줄 신이 말한 증거라는 것을.

'라엘 스탈렌마저 꺾었다. 아직 몇몇의 강자가 남아 있긴 하지만 내 권세를 무너뜨릴 정도는 아니다.'

사실상 이 자리의 주인은 이제 자신이라는 것을 무열은 알고 있었다. 이 보잘것없는 자리를 얻기 위해서 수많은 사람의 피를 자신의 검에 먹였다.

"승자의 표정은 아니군요."

"……!!"

아무도 모를 이곳에서 들려오는 목소리. 무열은 순간 움찔했으나 크게 내색하지 않았다.

"역시…… 여기 있었나."

천천히 고개를 돌렸다.

"놀랍네요. 마치 절 기다린 것 같은 표정이군요."

"마치가 아니라 사실이니까. 계속해서 의문이 남아 있었거든. 교단과 엘븐하임이 손을 잡았다는 얘기를 들었는데 그 어떤 증원군도 보이지 않았으니까."

무열이 어둠 속에서 눈을 빛냈다.

눈앞에 휘광을 뿜어내며 서 있는 여인. 퓌렐 갈라드 티누비엘.

약속이라도 한 듯 두 사람은 이곳에서 만났다.

"이렇게 보게 되니 반갑군요."

"그렇군. 만나고 싶었다."

"저 역시."

그 웃음조차 신비하게 느껴질 정도였다. 같은 종족의 수장이라 할지라도 트로비욘과는 전혀 다른 느낌. 범접할 수 없는 위엄 같은 것이 느껴졌다.

파아앙---!!!

하지만 그 순간, 무열이 검을 뽑아 허공을 베었다. 공기가 폭발하는 소리와 함께 낡은 사원이 흔들렸다. 퓌렐의 머리카락이 바람에 솟구쳤다가 가라앉았다.

"허튼짓하지 마."

"……"

"티누비엘가(家)의 가전 능력이 현혹(眩惑)이라는 걸 알고 있으니까."

무열의 말에 그녀는 가볍게 웃었다.

"하……? 대단하군요. 우리 가문까지 알고 있단 말입니까? 이것 참·……. 인간계에서 징집된 사람은 다른 차원을 알 리가 없는데 말이죠."

그녀는 흥미로운 눈빛으로 무열을 바라봤다. 코앞에 검이 드리워진 상황에도 그녀는 자신만만한 표정이었다.

"그 지저분한 난쟁이가 허튼소리를 한 것인지……. 아니면 처음부터 이 세계를 알고 있는 것인지. 그저 묘할 뿐이네요."

퓌렐은 천천히 한 걸음 앞으로 걸어 나왔다.

"닥쳐."

무열은 그녀의 도발에도 불구하고 그녀의 목에 칼날을 더욱 겨누었다.

"나에 대해서 궁금한가? 그럼 내가 알고 있는 걸 더 말해주지. 엘븐하임이 교단과 손잡은 이유가 동맹이 아니라 인류를 소거하려고 했다는 것까지 말이야."

꿈틀.

그 순간 여유로운 표정을 유지하던 퓌렐이 처음으로 눈썹을 씰룩였다.

"엘프가 네피림과 함께 신의 편에 서 있다는 걸 모르는 바보가 있을까? 신을 믿는 자는 있어도 신은 절대로 인간의 편이 아니거든."

무열의 검이 그녀의 목에 닿았다.

"하지만 그래서 의문이 생기는 거지."

"……."

"어째서 라엘 스탈렌을 도와주지 않았지? 세븐 쓰론에서 네게 가장 큰 조력자였을 텐데."

콰아아앙———!!!

그때였다. 무열의 앞을 가로막는 한 존재가 있었다. 갑작스러운 공격에 그의 검이 휘청거리며 위로 튕겨 올랐다.

"넌……?!"

찬란한 휘광을 뿜어내는 퓌렐과는 정반대로 그 빛 속에서조차 어둠을 간직한 것 같은 검은 피부의 엘프.

익숙한 얼굴이었다. 아니, 절대로 잊을 수 없는 얼굴이라고 해야 할 것이다.

엘프군 수호장(守護將), 위그나타르.

회색 교장에서 만났던 그를 이곳에서 다시 조우할 거라고는 생각하지 못했다.

하지만 어찌 보면 당연한 일이었다. 엘븐하임의 수장이 호위도 없이 혼자 왔을 리가 없으니까.

'기척을 느끼지 못했는데…….'

그때와 달라진 느낌. 당시에도 군더더기 없었지만, 그에게서 풍기는 아우라는 더 간결하고 깔끔해져 있었다.

강적임은 분명했지만 무열은 공중에서 떨어지는 검을 낚아 채듯 잡으며 담담하게 말했다.

"날 막겠다는 거라면 상관없다. 어차피 너희 모두 죽여야 할 상대니까."

위그나타르는 표정 하나 변하지 않은 얼굴로 고개를 저었다.

"자만이 하늘을 찌르는군."

"자만인지 자신감인지는 직접 보면 알겠지."

"과연……."

그 순간, 그의 모습이 어둠과 함께 사라졌다. 차가운 한기와 함께 그 주위로 날카로운 살기가 송곳처럼 무열을 찔렀다.

위그나타르의 쉐도우 워크(Shadow Walk)는 회색 교장 때와는 비교도 되지 않을 정도로 상승되어 있었다.

콰아아아앙───!!!

날카로운 굉음이 터져 나왔다. 무열은 자신의 목을 노리는 그의 검을 본능적으로 막았다. 화진검(火眞劍)의 불꽃이 검에 일렁이자 어둠 속에서 모습을 감추었던 다크 엘프의 붉은 눈동자가 선명하게 보였다.

콰앙─!!! 쾅!! 쾅!!!

두 사람의 검이 일제히 불꽃을 뿜어냈다. 육안으로 좇을 수 없는 두 사람의 검은 뿜어져 나오는 풍압만으로 힘겹게 궤도를 알 수 있을 뿐이었다.

카그그극……!!

칼날이 서로 이를 갈며 울었다. 그들의 발밑에 있던 사원 바닥이 두 사람의 힘을 이기지 못한 채 거미줄처럼 쩍쩍 갈라졌다.

그 순간 격전의 충격을 이기지 못한 기둥이 위태롭게 흔들렸다.

"그만하세요, 위그나타르. 이대로라면 사원이 무너지겠어요. 권좌에 이상이 생긴다면 우리는 절대로 무사하지 못할 거예요."

여왕의 명령에 그는 잠시 뜸을 들이다가 무열의 검을 밀쳐 내며 뒤로 물러섰다.

"……."

잠시 검을 쥔 손을 바라보던 무열은 알 수 없는 표정과 함께 위그나타르를 바라봤다.

분명 엄청난 공방이었다.

검을 섞었던 두 사람 사이에서 묘한 기류가 흐르고 있었다.

정말로 그만큼 실력 차가 나는 걸까.

"더 소란을 만들 생각은 없습니다. 그저 인사를 하고자 왔을 뿐인데 말이죠."

그녀는 알 수 없는 말을 남겼다.

"나는 라엘 스탈렌을 버린 것이 아닙니다. 강무열이라는 자를 선택한 것뿐이죠."

"나를? 제정신이 아니군."

퓌렐의 말에 무열은 인상을 구겼다.

"……."

무열은 사라지는 두 사람을 바라볼 뿐 쫓아가지 않았다. 대신 그는 알 수 없는 미묘한 표정을 지을 뿐이었다.

"뭐야…… 저놈."

조금 전 맞붙었던 첫 일합(一合).

무열은 한 손을 천천히 펼쳤다. 손바닥 안에 있는 작은 쪽지 하나. 위그나타르가 그 짧은 공방 사이에 자신에게 건넨 것이었다.

'어째서 나에게…….'

생각지 못한 갑작스러운 그 행동에 무열이 그를 쫓지 않은 것이다. 분명 자신을 공격하는 척 퓌렐의 눈까지 속이고 이것을 몰래 전한 것이다.

그 순간, 그의 눈동자가 커다래졌다. 전혀 생각지도 못한 한 줄의 메모가 적혀 있었기 때문이다.

휘갈기듯 적은 한 문장.

검의 구도자의 진짜 끝을 알고 싶다면 이곳으로 와라 – 검귀(劍鬼)

"……."

무열은 위그나타르가 남긴 쪽지를 책상 위에 두고 동이 틀 때까지 그것을 바라보며 생각에 잠겼다.

'검귀. 확실히 전생(前生)에서도 밝혀진 게 거의 없는 존재다. 밝혀진 것이라곤 두 자루의 검을 쓴다는 것뿐. 어떤 능력이 있는지 어떤 스킬이 쓰이는지도 모른다.'

그가 세상에 이름을 알린 건 단 세 번. 하지만 그 세 번의 업적은 그 누구도 이룰 수 없었다.

악마군 8대 장군, 만면사군(萬面巳君), 카르카.

엘프군 수호장(守護將), 위그나타르.

네피림 역천사(Virtus), 바이트람.

내로라하는 각 종족의 장수를 쥐도 새도 모르게 살해했으니까.

'검귀가 없었다면 인류는 훨씬 더 이전에 멸망했을 것이다. 그가 각 대전에서 주요 장수를 죽인 덕분에 하잘 협곡의 마지막 대전까지 갈 수 있었지.'

만약 이강호가 죽은 후 차라리 그가 검의 구도자를 썼다면 전황은 달라졌을지도 모른다는 말도 나돌았을 정도였으니까.

하지만 그는 결국 모습을 드러내지 않았다.

'그리고 끝내 인류는 졌다.'

결코 무열은 인간의 멸망을 검귀의 탓으로 돌릴 생각이 없었다. 단지 전생에서는 베일에 감춰졌던 자가 어째서 이번 생에는 수면 위로 올라오는가 하는 의문이었다.

'이것 역시 회귀의 영향인가.'

하지만 그렇게 단정하기에는 앞뒤가 맞지 않는 것이 너무나 많았다. 일전에 트로비욘과의 만남에서 블레이더(Blader)의 존재를 듣고 난 뒤부터 무열은 생각했었다.

과연 검의 구도자가 정말로 인간군의 무구의 정점일까?

그리고 기다렸다는 듯 나타난 검귀의 존재.

'위그나타르는 회색 교장에서 그를 찾고 있었다. 그 말은 곧 그 시점에서 이미 검귀는 다른 종족과 접점이 있었다는 말이다.'

검귀가 사용했던 무구.

일천(日天)과 월현(月玄).

'카토 치츠카가 그걸 사용하고 있었다. 그래서 처음에는 그를 검귀로 의심했었다.'

그러나 현재 그는 타락의 영향으로 제대로 움직일 수도 없는 상태다.

'게다가 설원 마을에서 이미 만났다. 내가 어디로 가는지도 알고 있는데 굳이 이렇게 번거로운 방법으로 부를 리 없다.'

게다가 카토 치츠카가 검귀가 아니라는 결정적인 증거.

'지금 시점에서 검의 구도자(Seeker of the Sword)를 아는 자는 없다. 지금 내가 쓰는 검 역시 구도자의 이전 등급인 여행자 니까.'

게다가 이 퀘스트의 존재를 아는 것은 오직 자신뿐. 카토 치츠카는 무열이 검의 구도자를 완성하는 퀘스트를 수행하고 있음을 알지 못했다.

그렇다면 누가……?

'의심스러운 것이 너무 많다.'

무열은 낮은 한숨을 내쉬면서 말했다.

"역시……."

그는 다시 한번 쪽지를 들어 그 안에 쓰여 있는 숫자를 바라봤다.

"갈 수밖에 없는 건가."

위치에 대한 정보도 없으며 그저 알 수 없는 숫자만 나열되어 있지만, 무열은 그것이 무엇을 뜻하는지 알고 있었다.

처음으로 그는 등골이 오싹해지는 기분이었다.

'약속의 땅으로…….'

"이걸…… 전부 다요?"

"그래."

최혁수는 무열이 건넨 서류들을 바라보며 어이가 없다는 표정이었다.

"성도의 방어를 허물었던 불멸회를 기억하지? 하미드 자하르에게 상아탑으로 가라고 전해라. 그곳에 데인 페틴슨란 자가 있을 거다. 그를 만나라고 해."

"자, 잠시만요. 지금 불멸회 마법사보고 여명회에 가라고 하는 거예요? 그것도 제 발로? 두 학파가 서로 앙숙인 건 아시죠?"

무열은 아무렇지도 않게 고개를 끄덕였다.

"상관없다. 두 곳 모두 나의 것이니까. 내 인장을 보여주면 앙숙이든 뭐든 상관없이 명령에 따라야 한다."

기다렸다는 듯 무열은 거침없이 자신의 인장이 찍힌 두루마리를 하나 더 최혁수에게 건넸다.

"하……. 장난 아니네요, 진짜."

그의 말에 최혁수는 헛웃음을 지을 뿐이었다. 그만큼 자신감이 있기 때문이겠지만, 자신은 엄두조차 못 낼 것 같았기 때문이다.

그런 최혁수의 기분을 아는지 모르는지 무열은 생각에 빠졌다.

'그 둘이라면 내가 없어도 폴세티아를 완성할 수 있을 것이다. 애초에 두 학파가 따로 퀘스트를 진행하는 바람에 마지막 재료인 '하늘의 잿가루'를 두고 싸웠던 거니까.'

두루마리에 적은 내용은 간단했다. 전생(前生)에서부터 두 사람이 하고자 했던 일을 역사대로 하게 만드는 것뿐.

대마도서(大魔圖書) 폴세티아.

'단지 역사와 다른 점이 있다면 두 사람이 함께 그것을 완성하는 것.'

오직 마법만을 탐구하는 그들은 권좌 전쟁에 나선 적이 없었지만, 딱 한 번 대마도서를 얻기 위해 붙었다. 두 학파가 붙었을 때 대륙은 지형이 바뀔 정도로 엄청난 피해를 입었었다.

그러나 지금은 다르다. 두 학파의 수장이 바로 강무열이었으니까.

'그들이 함께 퀘스트를 한다면 그런 사달은 일어나지 않을 것이다. 게다가…….'

학파의 수장인 그의 권한이 없는 한 데인 페틴슨과 하미드 자하르는 폴세티아를 발동할 수 없기에 혹시라도 그들이 자신과의 맹약을 어기고 폴세티아를 빼낼 위험성도 없었다.

"그리고 이건 노승현에게, 이건 강찬석에게 전해라. 각자 해야 할 일이다."

노승현과 강찬석. 두 사람은 아직 더 강해질 수 있는 여지가 충분했다.

'노승현의 빙결창은 더 강해질 수 없는 완성 단계의 스킬이라고 볼 수 있다. 하지만 그에게 부족한 것은 다른 것이다.'

바로, 창(槍)이었다.

필립 로엔은 흑참칠식을 사용하는 데 있어서 자신의 전용 무구인 흑참을 쓴다. 단순한 것 같지만 스킬에 알맞은 무구를 사용한다는 것은 스킬의 위력을 몇 배나 향상시켜 주는 일이다.

'하지만 오직 무예만을 추구하기 때문에 정작 자신이 사용하는 창에 대해서는 소홀하지.'

전생(前生)에서 그가 마족의 대표인 환락의 프로켈을 죽이면서 인간군에게 승리를 안겨주었던 엑소디아(Exordiar) 때 사용했던 창.

눈꽃의 창이라고 불리는 아우둠(Audhum).

'그걸 지금 얻을 수 있다면 노승현의 창술은 훨씬 더 발전할 수 있다.'

그와는 반대로 강찬석에게 필요한 것은 무구가 아닌 스킬이었다. 타고난 신체의 강점으로 지금도 충분히 뛰어난 무장이지만, 그는 이렇다 할 자신의 스킬이 없었다. 무열은 그가 기억하는 모든 전생의 기억을 총동원하여 두 사람에게 적합한 것이 무엇인지 두루마리에 적었다.

두 사람뿐만 아니라 오르도 창, 최은별을 비롯해서 자신이 아는 트라멜의 모든 인재에 대해서도 마찬가지였다.

겹겹이 쌓여가는 두루마리를 보면서 최혁수는 기가 차다는 표정으로 말했다.

"책상에 있는 게 다가 아니었어요?"

"저건 네가 해야 할 일이고. 많아서 따로 빼둔 거다. 너도 저기 붉은 줄로 묶어놓은 두루마리는 꼭 봐둬라. 네게 필요한 걸 적어놓은 거니까."

"……."

"마지막으로 혹시라도 칸 라흐만이 여길 찾아온다면 이걸 꼭 전해라."

그건 다른 것과 달리 두루마리가 아닌 단단한 상자였다.

"이게 뭔데요?"

"2대 광야(光夜) 중 하나. 빛의 라시스의 정수다."

"네……!?"

아무렇지 않게 말하는 무열의 모습과는 달리 그 말을 들은 최혁수는 깜짝 놀라 하마터면 상자를 떨어뜨릴 뻔했다.

"살만의 해머에 봉인되어 있었던 거지만 영혼샘이 파괴되면서 구속력을 잃어 상자에 보관해 두었다."

"그냥 뒤도…… 괜찮을까요?"

"아마도. 계약을 원하지는 않지만 인간에게 해를 입히지는 않을 거다. 정령왕끼리의 언약이 있었으니까."

"……."

최혁수는 어이없음을 넘어 이제는 질렸다는 얼굴로 고개를 저었다.

"에휴, 알겠어요. 그런데 대장, 이걸 하루 만에 다 준비한 거예요?"

"그런데?"

"어째서요?"

최혁수의 물음은 이상하게 들릴지 모르지만 무열은 그가 하고자 하는 뜻을 알았다.

"서둘러야 하는 일이라도 있는 거죠?"

말을 하지는 않았지만 트라멜의 사람들은 이제 저 멀리에 있을 것 같던 희망을 조금은 움켜쥐고 기대하고 있었다.

더 이상의 적수는 없다. 기껏해야 시간이 지체되느냐 아니냐의 차이일 뿐. 성도인 위그(Ygg)를 안정화시키면 북부 7왕국을 포함해서 교단을 따르는 수많은 토착인까지 무열을 따를 것이다.

그렇기에 현실에서 징집된 사람들은 당연히 무열이 권좌에 오를 것으로 생각했다.

생과 사의 투쟁에서 떠나 드디어 원래 자리로 돌아갈 수 있다는 기대감.

"……."

무열은 이강호가 권좌에 오르던 순간 자신 역시 그런 기대를 했다는 것을 떠올리며 쓴웃음을 지었다. 그 기대를 철저하게 짓밟는 것이 신이었으니까.

어쩌면 절망에 찬 얼굴을 보기 위해 지금껏 기다린 것일지도 모른다.

대답 대신 그는 최혁수의 머리를 가볍게 문지르듯 쓰다듬었다.

"내가 없는 동안 잘 부탁한다."

"대장."

문을 나서는 무열을 그가 불러 세웠다.

"너무 혼자서 다 짊어지려고 하지 마요. 대장이 강한 건 알지만 저희도 그렇게 약하지 않거든요."

그의 말에 무열은 가볍게 웃었다.

'알고 있다. 아니, 누구보다 내가 제일 잘 알지. 너희들이 얼마나 대단한 사람들이었는지.'

인류의 멸망을 막기 위해 끝까지 싸웠던 자들.

아무것도 하지 못하고 그저 생존에만 급급했던 자신과는 달랐다.

"알고 있다. 그렇기에 믿고 맡기는 거다. 우리에게 발톱을 드리우는 자가 있다면 그 누구도, 절대로 용서하지 마라."

끄덕—

최혁수는 자신도 모르게 마른침을 삼키며 그에게 고개를

끄덕였다. 무열에게서 느껴지는 결의가 지금까지와는 뭔가 달랐기 때문이다.

"가족을 부탁한다."

그의 마지막 말에서 이유를 알 수 있었다.

"만나시지 않고 가실 거예요?"

"괜찮다. 성도를 복구하는 동안 인사했으니까."

낚시꾼이었던 칸 라흐만도 자신의 딸을 찾기 위해서 모든 것을 버렸었다.

기껏해야 며칠. 1년이 넘도록 생사를 알지 못했던 가족과의 상봉이었음에도 무열은 자신의 감정을 내비치지 않았다.

그런 무열을 보며 매정하다고 말하는 사람도 있었다. 하지만 그가 가족에 대한 정이 없거나 그들을 보고 싶어 하지 않았던 것은 절대 아니다.

그 역시 지금까지도 자문한다.

'내가 뭐라고 가족조차 버리고 이렇게까지 해야 할까.'

그리고 그에 대한 대답은 죄책감이 아닌.

'내가 아니면 아무도 할 수 없기 때문이다.'

라는 책임감 때문이라는 것을 알고 있었다.

지금도 주먹을 쥔 손에 힘이 들어갔다. 이건 스스로 권좌에 오르겠다고 다짐한 순간부터 감내할 업이다.

"걱정 마세요. 무슨 일이 있어도 대장의 가족은 우리가 지킬 테니까."

최혁수는 자신이 해줄 수 있는 말이 그것뿐이라는 것에 입술을 깨물었다.

그의 마음을 잘 알기에 무열은 천천히 고개를 끄덕였다.

'그러기 위해서 내가 가장 먼저 해야 할 일. 검의 구도자를 완성하는 것이다.'

무열은 몸을 돌려 문을 나섰다.

약속의 땅.

인간의 발길이 단 한 번도 닿지 않은 곳.

그곳을 사람들은 또 다른 이름으로 부르기도 했다.

바로, 드래곤(Dragon)의 성지(聖地).

78장
드래곤의 성지

약속의 땅.

혹은 드래곤의 성지라고 불리는 이곳은 포스나인을 따라 도달할 수 있는 해역에 분포해 있는 섬 중 하나였다.

제도에 존재하는 섬들은 각각의 던전을 품고 있다. 최은별이 무열의 명령에 의해 모은 유물도 모두 이곳에 있었던 것들이다.

그녀는 해적으로 2차 전직을 한 뒤에 제도왕(諸島王)이라 불렸던 넬슨 하워드조차 하지 못했던 업적을 이뤄냈다.

하지만 그런 그녀조차 하지 못한 것이 있다.

해역의 가장 끝. 가장 거대한 섬만큼은 공략하지 못한 것이다.

그곳이 바로 약속의 땅.

이곳은, 최은별이 아닌 그 누구더라도 공략이 불가능할 것이다.

대륙에는 세 마리의 드래곤이 존재한다.

가장 오래 살았고 이들 중에 수장이라 불리는 골드 드래곤(Gold Dragon) 에누마 엘라시, 그리고 그 밑으로 붉은 부족이 숭배하는 레드 드래곤인 퓌톤이 북동부에 터를 잡고 있으며, 남부에는 그린 드래곤인 크루아흐가 있었다.

금역이라고 한다면 이들 역시 마찬가지지만 그중에서도 레드 드래곤인 퓌톤은 무척이나 거칠고 포악했기에 누구보다 주의가 필요했다.

또한 그들 역시 레어에서 벗어나지 않으며 인간사에 관여하지 않기에 인류와 용은 서로 간의 영역을 침범하지 않았다.

하지만 그런 세 드래곤조차도 약속의 땅엔 발을 들여놓지 않는다.

쇄아아아악———!!!

42거점에서부터 출발한 쿠샨 사지드가 직접 모는 선박은 미끄러지듯 해역의 크고 작은 섬들을 피해 유려하게 항해를 하고 있었다.

파도를 가르는 소리가 상쾌하게 들렸다.

쿠그…….

쿠그그그……!!!

하지만 그 소리와 달리 하늘에는 먹구름이 잔뜩 끼어 있었고 당장에라도 번개를 동반한 폭우가 쏟아질 것처럼 으르렁거리고 있었다.

콰직.

사방으로 터지는 핏물.

날카로운 송곳니로부터 물어뜯은 살점을 우적우적 씹어 먹는 입이 우물거릴 때마다 도마뱀의 노란 눈동자가 반짝였다.

[크에에에---!!!]

날카로운 포효가 귀를 먹게 만들 것 같았다.

저 멀리 하늘 위로 떠 있는 것들은 새가 아닌 드래곤이었다.

약속의 땅엔 드래곤이 산다.

한 마리가 아니다. 이름조차 없는 수십 마리의 야생 드래곤이 섬에서 서로 먹고 먹히는 살육을 벌이는 곳.

야생 그 자체.

그곳이 바로 약속의 땅이었다.

"정박!!!"

쿠샨 사지드의 외침과 함께 함선은 약속의 땅에서 꽤 멀리 떨어진 곳에서 멈추었다. 간신히 육안으로 볼 수 있는 거리.

그는 난처한 얼굴로 무열에게 말했다.

"죄송합니다. 배로 갈 수 있는 거리는 여기까지입니다. 더이상 갔다가는 씨 드래곤(Sea Dragon)의 영역이라……."

"그렇군."

섬에 보이는 드래곤이 전부가 아니었다. 마치 영역을 표시하는 것처럼 푸른 바닷물의 색깔 역시 뱃머리 아래로 검게 변해 있었다.

"여기까지 온 것만으로도 감사하지. 제도 위에 있는 섬들의 영향으로 하늘로 올 수는 없었으니까."

"아닙니다."

"지금부터는 알아서 가도록 하지."

무열의 말에 쿠샨 사지드는 고개를 끄덕이며 선원들에게 소리쳤다.

"배를 내려라!!"

선박 옆에 달려 있던 작은 배 한 척이 파도 위에 내려앉았다.

소형 배의 양옆에는 커다란 방패가 달려 있었다.

"배 주위로 파충류가 싫어하는 기름과 어류가 싫어하는 기름을 모두 발라났습니다."

방패에 잔뜩 묻어 있는 진득한 액체를 가리키며 쿠샨은 어깨를 슬쩍 올리며 말했다.

"씨 드래곤이 뭘 싫어할지 몰라서 말이죠. 뭐…… 이게 먹히면 다행이지만요."

"신경을 썼군. 고맙다."

"별말씀을. 조심히 다녀오십시오. 아무리 약속의 땅이라고 하지만 대장이 위험에 빠질 것 같다는 생각은 들지 않으니까요."

무열은 그의 말에 옅게 웃었다.

"42거점으로 돌아가면 카디훔 마광산의 개발 상황을 최혁수에게 알려주도록 해. 그에게 해야 할 일을 일임해 두었으니까."

"여기에서까지 트라멜의 일을 걱정하시는 겁니까? 걱정 마십시오. 전에 일러주신 대로 카디훔에서 채취되는 속성석들을 트라멜의 공방으로 보내 무구들을 제작하고 있으니까요."

"작업은?"

쿠샨은 엄지손가락을 추켜세우며 말했다.

"순조롭습니다. 이미 5각석이 대부분이고 때때로 6각석도 발견되고 있습니다. 6각석 같은 경우는 세공을 하지 않고 상아탑으로 보내고 있구요."

그의 대답에 무열은 고개를 끄덕였다.

트라멜의 장인들은 제법 뛰어난 실력을 가지고 있지만 속성석을 다루는 데에 있어선 연금술사에 못 미친다.

'상아탑엔 아직 지웅 슈가 있으니 그 아이가 직접 속성석을 만진다면 훨씬 더 다양한 방법으로 활용할 수 있을 것이다.'

할 수 있는 것은 모두 다 했다.

성도인 위그를 최혁수에게 맡겨놓았고, 42거점은 쿠샨 사지드, 그리고 트라멜엔 라캉 베자스가 있다.

그들은 모두가 믿을 만한 부하였으며 내정에도 뛰어난 실력을 보유하고 있었다.

'이제는 오로지 나만 생각해야 한다.'

무열은 전의(戰意)를 다잡았다.

전생에서 드래곤을 공략하는 과정에서 얼마나 많은 병사의 피를 대가로 흩뿌렸는지 알고 있었다. 그런 괴물이 잔뜩 있는 곳이다. 아무리 무열이라 할지라도 긴장을 늦출 수 없는 곳이었다.

"그럼……."

배에 오른 무열을 향해 쿠샨과 선원들이 고개를 숙이며 말했다.

"무운을 빕니다."

촤아아악———!!!

파도를 가르는 바람이 불었다. 무열이 탄 소형 배의 주위가 푸른 마력으로 감싸지며 빠른 속도로 질주하기 시작했다.

철푸덕———!!!!

둔탁한 소리와 함께 사방으로 물이 튀었다. 거대한 뱀장어 같은 괴물은 고통에 몸부림을 치는 듯 발버둥을 쳤다. 그 바람에 붉은 물방울들이 비처럼 내렸다.

비늘에 묻은 바닷물과 함께 피가 섞여 지독한 비린내가 풍겼다.

"……."

20m가 족히 넘는 괴물을 바라보며 무열은 무표정한 얼굴로 검을 그었다.

서걱.

그의 검이 빛을 뿜으며 괴물의 목을 베었다. 생선살처럼 새하얀 근육들이 잘렸음에도 불구하고 살아 있는 것처럼 꿈틀거렸다.

'흠……. 먹을 수 있을 것같이 생기긴 했지만 혹시 모르니 굳이 건드리지 않는 게 좋겠지.'

무열은 괴물의 사체를 잠시 바라보더니 눈을 돌렸다.

팔과 다리는 없지만 단단한 비늘과 튀어나온 주둥이 아래에 있는 날카로운 이빨. 녀석은 다름 아닌 해역의 무법자라 불리는 씨 드래곤이었다.

배 위에서 한 쿠샨의 걱정과는 달리 해역을 주름잡던 괴수조차 무열에겐 아무런 감흥도 주지 못했다.

우드득- 우득-

무열은 뻐근한 듯 자신의 목을 좌우로 꺾었다. 뼈마디가 부딪히는 소리가 들렸다.

'반기는 녀석이 많군.'

섬에 들어오자마자 여기저기에서 자신을 먹잇감처럼 바라보는 살기가 느껴졌다.

무열은 산 채로 씨 드래곤을 잡아와 해변에서 목을 베었던 이유가 바로 이것이었다.

'이곳의 드래곤들은 대륙의 드래곤과 달리 지능이 현저히 낮다. 말 그대로 맹수와 다름없지. 하지만 이런 녀석들일수록 쓸데없는 싸움을 피하기 위한 방법은 더 간단하지.'

콰직.

무열이 있는 힘껏 잘려 나간 씨 드래곤의 머리를 찍어 눌렀다.

[크르르르…….]

낮은 으르렁거림과 함께 수풀이 흔들렸다. 조금 전까지만 하더라도 그의 주위를 가득 채웠던 살기들이 빠르게 흩어졌다. 자신보다 강한 맹수를 쓰러뜨리는 모습을 보임으로써 무열은 먹이사슬의 우위를 보여준 것이다.

물론.

'남아 있는 녀석은…… 셋인가.'

이 섬에는 씨 드래곤보다 더 강한 몬스터가 잔뜩 있었다.

차르릉…….

무열이 씨 드래곤의 피가 묻은 검날을 가볍게 털어냈다. 그의 검날이 보랏빛 화염으로 빛나기 시작했다. 반대편 손목에 만들어진 세 개의 고리는 각각의 색깔을 띠기 시작했다.

'오랜만이군.'

무열은 마력 정기가 담긴 손목을 들어 천천히 마법검을 쥐었다.

쾅직…… 쾅지지직……!!

그러자 강렬한 스파크와 함께 그의 팔을 밀어내는 반발력이 느껴졌다.

[미쳤군. 지금 너 설마 우리들의 힘을 응축하려는 생각이냐?]

그 모습을 본 쿤겐이 다급한 목소리로 말했다.

그의 손목에 만들어진 고리는 다름 아닌 마력 정기였다. 각각 다른 속성의 힘을 정기로 가두어서 하나로 합치게 하는 스킬.

지금까지 무열은 마력과 암흑력, 그리고 영혼력을 마력 정기에 담아 사용했었다. 하지만 지금 그는 지금껏 해보지 않은 시도를 하려고 했다.

[정령왕의 힘이다. 그것도 하나도 아닌 셋이라고. 네 손목이 날아가는 건 문제도 아니야.]

언제나 차가운 에테랄조차 다급한 목소리로 그를 말렸다.

강맹한 괴물들을 앞에 두고 써보지 않았던 스킬을 쓴다는 건 위험천만한 일일지도 모르지만 오히려 그는 지금이 천재일우의 기회라 여겼다.

치지직…… 치지직……!!

마력 정기의 첫 번째 고리에서 가장 먼저 날카로운 스파크가 터져 나왔다.

그와 동시에 두 번째 고리에서는 차가운 냉기가, 세 번째 고리는 딱딱한 돌로 변했다.

무열은 자신과 계약한 세 명의 정령왕의 힘을 마력 정기의 고리 안으로 소환해 하나로 합치려 했다. 자칫 실수라도 하게 된다면 도시 몇 개는 한 번에 날아가 버릴 것을 알고 있었기에 무열은 이것을 시험해 볼 기회조차 없었다.

파즈즈즉---!!!

쿤겐의 걱정과 달리 무열은 표정 하나 바뀌지 않고서 그대로 주먹에 힘을 주었다.

[……!!!]

[……!!!]

반발하는 정령력의 힘을 그가 순수한 힘만으로 응축시켜 버린 것이다.

그 모습을 본 정령왕들은 놀라지 않을 수 없었다.

세 개의 고리가 하나가 되는 순간, 엄청난 불꽃과 함께 연기가 솟구쳐 올랐다.

[크르르…….]

저 멀리서 들리는 낮은 으르렁거림이 무열의 귀에는 선명하게 들렸다.

그건 분명, '두려움'이었다.

무열은 차갑게 웃었다.

"여기라면 마음껏 시험해 볼 수 있겠어."

콰아아아아앙———!!!

섬이 흔들렸다. 가히 경천동지할 만한 위력과 함께 요란한 폭음이 무열의 주위에서 터져 나왔다.

섬격(殲擊).

지금껏 그가 펼쳤던 검술과는 차원이 달랐다.

"……."

정작 이 스킬을 쓴 무열은 그 위력에 놀라기보다는 만족스러운 듯한 미소를 지었다.

그의 주위에 있던 몬스터가 형체도 없이 사라졌다.

'인간의 발길이 닿지 않은 금역. 대륙에 존재하는 세 드래곤의 레어는 모두 공략되었다. 하지만 이곳은 전생에도 공략이 불가능했던 곳.'

막대한 피해를 입긴 했지만 드래곤의 레어에는 그 희생을 상회할 만큼 엄청난 보물들이 숨겨져 있었다.

전쟁 무구뿐만 아니라 스킬북까지.

'이강호조차 약속의 땅을 정벌하는 것은 실패했었다. 그가 다섯 제자를 대륙의 거점에 두고 혼자서 이곳을 공략하려고 했던 것은 어쩌면 단순히 위험 때문은 아닐지 모르지.'

무열은 자신의 손으로 직접 죽였던 그를 떠올렸다.

인간군 최강자였으며 많은 사람에게 칭송을 받았던 그였지만 그 가면 뒤에 탐욕스러웠던 진짜 모습을 그는 보았다.

'이강호는 혼자서 이곳의 보물을 독식하려고 했었던 것일지도.'

진실은 알지 못한다. 그저 추측에 불과한 것뿐.

그것을 알기 위해서 무열은 이곳에 온 것이다. 그리고 그 보물이 인간계 최강 무구인 검의 구도자(Seeker of the Sword) 이상의 것일지 모른다.

'검귀(劍鬼)…….'

자신조차 처음인 이곳에 과연 그가 있을까.

무열은 천천히 고개를 들었다.

"이 정도면 인사는 되었겠지."

저 멀리 산 정상에서 자신을 내려다보는 새하얀 눈동자 하나가 있었다. 무열은 그곳이 자신이 향해야 할 목적지라는 것을 직감했다.

"이걸로 된 건가."

"그래."

낡은 제단 위에 앉아 있는 남자는 그 말에 가볍게 웃었다.

검은 복면을 쓰고 있어서 표정을 읽을 수 없었지만 위그나타르는 가볍게 떨리는 남자의 어깨에서 그것을 알 수 있었다.

"잘도 자신을 죽이려고 했던 자의 말을 믿었군."

"당신이 날 죽이려고 했다면 내 의지와 상관없이 난 죽었을 테니까. 하지만 대단하군. 회색 교장에서 봤을 때와는 비교도 되지 않을 만큼."

"인간의 성장은 때론 상상을 뛰어넘으니까."

그의 말에 인정하지만 아무리 그래도 위그나타르는 인간이 이곳에 발을 들여놓은 것은 자살행위라고 생각했다.

"꼭 그렇지만도 않다."

"……음?"

그의 생각을 읽은 것처럼 낡은 제단 위에 남자가 그를 바라보며 말했다.

"사람 일이라는 건 참 알다가도 모를 일이지. 강무열에 비해 모자라지만 우습게도 세븐 쓰론의 절대자인 드래곤에게 사랑을 받은 사람은 따로 있거든."

위그나타르는 그의 말이 무슨 말인지 이해가 가지 않는 듯
고개를 갸웃거렸다.

"훗⋯⋯."

남자는 그저 웃을 뿐이었다.

위이이이잉⋯⋯.

그의 옆에 세워둔 두 자루의 검의 가운데엔 에메랄드빛의
코어(Core)가 박혀 있었다. 그 안에서 마치 엔진 소리 같은 떨
림이 울렸다.

철컥.

두 자루의 검을 들어 교차시키자 톱니 같은 검날이 서로 맞
물리더니 한 자루의 검으로 변하였다.

지이잉――

반쪽이었던 코어가 하나로 합쳐지고 코어에서부터 시작되
는 녹색 빛이 검날 전체를 감쌌다.

터걱–

촤르륵–!!

커터칼처럼 검날이 손잡이에서부터 주르륵 튀어나왔다. 손
잡이 역시 길어지면서 순식간에 그의 키만큼 거대한 대검으
로 변했다.

코어에서 흐르던 빛이 검날의 조각조각에 스며들 듯 감돌
았다.

"……."

위그나타르는 아무런 말도 하지 않고서 그 검을 신기한 듯 바라보았다.

"가자. 우리가 해야 할 일이 있다."

두 사람 사이에 어떤 일이 있었던 것일까.

여왕을 호위해야 할 수호장이 아직 엘븐하임으로 돌아가지 않은 퓌렐 갈라드 티누비엘을 두고 이런 남자와 있는 것일까.

모든 것이 아직 의문에 싸여 있다. 하지만 중요한 것은 위그나타르가 여왕보다 그와의 일이 더 중요하다고 생각한다는 것이다.

그는 천천히 남자의 뒤를 따랐다.

검귀(劍鬼).

마치 이곳을 잘 아는 것처럼 그는 거침없이 길을 걸었다.

"넌……."

무열은 눈앞의 여자를 바라보며 인상을 찡그렸다.

약속의 땅의 중심을 향해 걸어가던 중. 당연히 아무도 없을 것이라고 생각했던 곳에서 사람을 만난다는 것은 반가운 일이라고 생각할지도 모르지만 그건 장소가 어디냐에 따라 달라진다.

약속의 땅.

전생에서도 이강호를 제외하고 이곳에 들렀던 사람이 없었으며, 그 이강호조차 대륙을 통일하고 권좌에 올라 종족 전쟁을 대비하는 과정에서 마지막으로 찾은 곳이었다.

그러나 세븐 쓰론이 시작된 지 이제 1년 반. 자신조차 위험을 감수하고서 도전을 하는 이곳에서 그녀를 만날 것이라고는 전혀 상상도 하지 못한 일이었기 때문이다.

얼굴의 반을 가린 가면을 쓰고 있는 여인.

바로, 정민지였다.

"네가 어째서 이곳에 있지? 아니, 어떻게 이곳까지 올 수 있었던 거지?"

"그건……."

그녀는 살짝 인상을 찡그렸다. 자신의 질문에 머뭇거리자 무열은 차갑게 말했다.

"여기가 어딘지는 알고 온 건가? 죽고 싶지 않다면 당장 나가라."

무열의 말에 발끈한 목소리로 정민지가 눈을 동그랗게 뜨며 말했다.

"당신이야말로 여기가 어딘지나 알고 온 거야? 세븐 쓰론에 사는 토착인조차 금역으로 정해놓은 곳이라고!"

"그래서? 나는 토착인도 아니고 대륙의 규율을 지켜야 한다는 법도 없다."

"당연하겠지. 그러니 성도에서 그렇게 아무렇지 않게 사람들을 죽일 수 있었겠지."

"……."

정민지는 매섭게 말했다.

"성도 위에 게이트를 열어 포스나인의 강물을 쏟아지게 한 것도 당신 짓이잖아. 그 바람에 죄 없는 사람이 얼마나 많이 물살에 휩쓸린 줄 알아?"

그녀의 말이 무열의 가슴에 날카롭게 박혔다.

전생에서 교단과의 싸움에서 희생된 수만 하더라도 수십만 명이었다. 그에 비해 이번 성도대전(聖都大戰)에서 입은 피해는 대략 만여 명. 결코 적지 않은 수이기는 하지만 무열의 결정으로 인해서 그 피해는 10분의 1로 줄었다.

대를 위한 소의 희생. 일반적인 생활이 아닌 전쟁(戰爭)이라는 특수한 상황에서는 감내할 수밖에 없는 일이다.

"그게 어때서?"

누구보다 전쟁의 참혹함을 잘 알고 있는 무열이었다. 아니, 인간 대 인간의 싸움이라면 차라리 전쟁이라고 말할 수 있을 것이다.

하지만 차원이 열리고 시작된 종족 전쟁에서 압도적인 무(

武)로 인류를 농락하던 자들에게 그건 전쟁이 아닌 놀이였다.

그러나 이미 종족 전쟁이 시작되기도 전에 마족, 악마족, 드워프, 그리고 엘프까지 대륙에 모였다.

'남은 건 네피림……'

그 정점에 서 있는 자들.

신의 편에서 인류를 가장 많이 살해했던 죄악.

아직까지 세븐 쓰론에서 단 한 번도 얼굴을 내비치지 않았지만 언젠가 무열은 그들을 만날 것이라는 것을 알고 있다. 최종적으로 그들과의 전쟁을 위해 무열은 준비를 하는 것이라고 해도 과언이 아니다.

"승리를 위해서 어쩔 수 없는 일이다."

차가운 무열의 대답에 정민지는 매서운 눈초리로 그를 바라봤다.

"이래서…… 내가 인간을 싫어하지."

무열은 그런 그녀를 담담히 바라봤다.

현실에서 그녀가 어떤 삶을 살았는지는 알 수 없다. 인간을 싫어하게 된 것이 이곳에 징집된 이후인지 아니면 그전부터인지도 말이다.

평범한 학생이었던 무열이었다면 가족과 다시 만났을 때 아마 펑펑 울며 그들에게 매달렸을 것이다.

하지만 이곳에서의 15년간의 삶. 짧다면 짧은 그 시간은 무열을 완전히 다른 사람으로 바꿔놓기 충분했다.

"내게 죽고 싶지 않으면 나가라고 했지? 그건 오히려 내가 할 소리야."

정민지는 입술을 살짝 깨물며 무열을 바라봤다.

"알지 못하는 건 당신이야, 이곳이 어떤 곳인지. 아니, 대륙 그 누구도 모르겠지."

"마치 너만은 약속의 땅에 대해서 잘 알고 있는 것처럼 들리는데."

정민지는 코웃음을 쳤다.

"물론."

흥미로웠다. 지금까지 권좌(權座)를 다투는 전쟁에서 단 한 번도 무열은 정민지를 라이벌로 두지 않았다. 그녀는 절대적으로 인간을 배제하고 용족만을 감쌌기 때문이다.

하지만 인간계의 전쟁에서 승리를 하기 위해서 인간은 필수불가결한 요소다. 대륙에 존재하는 종족 중의 최다(最多)인 인간을 빼고 통일을 하는 것은 불가능한 일일 테니까.

하지만 지금, 전생에 그 누구도 공략하지 못했던 최고 등급의 던전인 이곳을 그녀가 알고 있었다.

"약속의 땅? 웃기지 마. 여긴 그런 이상한 이름으로 불리는 곳이 아니다. 북부 왕국의 토착인들조차 와본 적이 없으니 그런 허무맹랑한 이름을 붙인 거지."

"······뭐?"

무열조차 처음 듣는 이야기였다. 약속의 땅의 다른 이름이 있다는 것은 지금까지 그 누구도 알지 못한 일이었기 때문이다.

"백금룡의 둥지."

"······!!!"

그 순간, 무열의 눈동자가 커질 수밖에 없었다.

"설마······ 나르 디 마우그?"

"맞아. 그런데 어떻게 당신이 그 이름을 알고 있는 거지? 이곳의 이름도 몰랐던 주제에."

왜 그 생각을 하지 못했을까.

그가 창조력(創造力)을 얻었을 때 처음으로 그 이름을 들었었다. 하지만 대륙에서 그 어디에도 백금룡에 대한 이야기는 없었으며 그의 기억에도 존재하지 않았었다. 그렇기 때문에 창조력과 함께 창조 마법에 대한 것은 아무래도 소홀할 수밖에 없었다.

마력과 영혼력, 그리고 암흑력과 정령력까지 4개의 스킬은 거듭된 훈련과 실전으로 숙련도가 상승되었지만 창조력만큼은 크게 변화가 없었다.

'이곳에서······. 창조 마법을 얻을 수 있다면······.'

검의 구도자의 비밀을 밝히기 위해 온 약속의 땅, 아니, 백금룡의 둥지에서 그는 더 많은 것을 얻을 수 있을지 모른다는 생각이 들었다.

'검귀는 그럼 이곳이 나르 디 마우그의 레어라는 것을 알고 있었던 것일까.'

갈수록 더 의문이 짙어질 뿐이었다.

"어째서 네가 그런 사실을 알고 있는 거지?"

그녀는 머뭇거렸다.

저벅− 저벅− 저벅−

무열은 정민지를 지나쳐 걸었다. 제대로 대답하지 못하는 그녀를 굳이 기다릴 필요는 없다고 생각했기 때문이다.

어쨌든 목표는 단순했으니까.

눈앞에 보이는 거대한 활화산(活火山)이었다.

"자, 잠깐!!"

정민지는 무열을 황급히 붙잡았다.

"내가 세븐 쓰론에 징집되었을 때 소환된 곳이 바로 이곳이었어."

그녀의 대답에 무열은 놀라지 않을 수 없었다.

'정민지가…… 이곳 출신이다?'

대륙의 모든 사람이 발길을 금하고 있는 이곳이 시작점이었다니.

보통의 사람이었으면 하루도 버티지 못하고 죽었을 것이

다. 하지만 그녀는 살아 있고 또한 대륙으로까지 진출했다. 그것도 다섯 부족의 수장으로서 말이다.

"정말 갈 생각이야?"

"물론. 그러기 위해서 왔으니까."

걱정 가득한 그녀와 달리 무열은 담담한 표정이었다. 정민지는 그가 이곳의 주인을 알지 못하기 때문에 보일 수 있는 모습이라고 생각했다.

무열은 어째서 그녀가 자신의 뒤를 밟았는지 의문이 들었지만 중요하다고 생각하진 않았다.

"누가 되었든 방해하는 건 쓰러뜨릴 뿐이다. 그러지 못하면 나아가지 못하니까. 또한 우리가 현실로도 돌아가지도 못한다."

꿀꺽―

정민지는 그가 종족 전쟁을 염두에 두고 하는 말이라는 것까지는 알지 못할 것이다. 하지만 무미건조하게 들릴지 모르는 그의 말투에 자신도 모르게 심장이 두근거렸다.

"그럼…… 나도 함께 가지."

그녀는 어째서 자신이 이런 말을 내뱉은 것인지 스스로도 놀랐다.

성도에서의 전투를 본 그녀였다. 그리고 그녀는 다섯 용족을 이끄는 수장으로서 그의 선택이 틀리지 않았다는 것 역시 인정하는 바였다.

무열이 왜 그런 결정을 내린 것인지.

최소한의 피해를 위해서, 그리고 사람들이 납득할 수 있도록 시간을 끈 것까지. 그 모든 것을 봤기 때문에 정민지는 알라이즈 크리드의 만류에도 불구하고 이곳으로 돌아온 것이다.

다시는 절대 오고 싶지 않은 이곳에.

'당신이 정말로…… 백금룡의 레어를 공략할 수 있다면…….'

정민지는 무열의 뒷모습을 바라보며 생각했다.

'나의 족쇄 역시 풀 수 있겠지.'

그녀는 자신의 얼굴을 가린 가면을 가볍게 쓰다듬었다. 가면 아래로 얼핏 드러난 그녀의 뺨은 인간의 것이라고 할 수 없는 푸른 얼룩과 파충류의 비늘 같은 껍질이 보였다.

'그렇게 된다면 나는 당신을 따르겠다.'

79장
약속의 땅에서

타닥…… 타닥…….

모닥불의 불씨가 아지랑이처럼 하늘 위로 타오르고 있었다. 약속의 땅의 중심에 있는 활화산은 가까워 보이지만 여전히 도착하지 못했다.

그만큼 거대한 크기라는 것을 말해주고 있었다.

[쿠르르르…….]

상공에서 드래곤들은 먹잇감을 바라보며 아쉬운 듯 연신 으르렁거리며 선회를 하고 있었다.

"걱정 마. 저 녀석들은 숲 안으로 들어오지 못하니까. 이곳의 괴물들은 저마다 자신들의 절대적인 영역을 두고 있거든."

하늘을 바라보는 무열에게 정민지는 모닥불 안으로 불쏘시개를 더 집어넣으면서 말했다.

"지금부터 숲은 백금룡의 영역이니까. 대신 위로 날아갈 생각은 하지 마. 그 순간 녀석들이 벌 떼처럼 달려들 테니."

"잘 아는군."

무열은 잠시 그녀를 바라봤다.

"왜?"

그의 시선을 느낀 듯 정민지가 고개를 들었다.

"어차피 이곳에서 하루를 보내야 할 것 같은데…… 이왕이면 너에 대해서 한번 얘기하는 건 어때?"

"하……? 무슨 쓸데없이. 예전의 삶이 여기에서 뭐가 중요하다고. 당신 역시 마찬가지 아냐? 현실에서 뭘 했든 어떤 사람이었든 지금은 모두가 인정하는 권좌(權座)의 주인이 될 사람이니까."

정민지는 성도에서 그의 싸움을 보고 인정하지 않을 수 없었다.

필립 로엔과 살만의 전투를 봤다. 자신의 능력으로 그 두 사람조차 이기지 못할 것이라는 것을 인정한다.

하지만 그런 강자들 위에 서 있는 강무열.

그게 현실이다. 자신이 다섯 용족을 통합하는 데에 급급할 때 이미 그는 대륙을 통일하고 있었으니까.

'나르 디 마우그의 마력을 받았음에도 불구하고 말이지.'

그렇기 때문에 자신의 눈으로 확인하고자 하는 것이다. 아무것도 없이 시작한 이 남자가 어떻게 자신보다 더 빠르게 강자들을 휘하에 두고 대륙을 통일할 수 있었는지 말이다.

"듣자 하니 알라이즈와 동맹을 맺었다고 하던데. 왜 그를 버리고 날 따라왔지?"

"그런 것까지 알고 있나? 역시 대륙을 통일한 남자는 다르네. 하나부터 열까지 모르는 게 없어."

그녀는 고개를 저으면서 대답했다.

"그자를 버린 게 아니야. 당신이 궁금했을 뿐이지. 아무도 가지 않으려는 이곳에 온 것에 대해서."

무열은 그런 그녀를 향해 낮은 목소리로 물었다.

"왜 인간을 싫어하지?"

그저 지나칠 문제일 수도 있었다.

세븐 쓰론에서 인간이 아닌 다른 부족으로 권좌를 노리던 사람은 그녀와 알라이즈 크리드 둘이었다.

하지만 알라이즈는 태생적으로 다른 사람이다. 애초에 권좌를 노리는 게 아니라 안전을 추구했기 때문이다. 권좌에 오르는 자 옆에서 자신의 안위를 바랐던 그는 역시 전생이나 현생이나 똑같았다.

'그는 휀 레이놀즈를 선택했다. 권좌에 오를 만큼의 그릇은 아니라는 이야기지.'

하지만 정민지는 달랐다. 그녀는 열세라는 것을 알면서도 다섯 용족을 이끌고 끝까지 이강호와 혈전을 벌였다.

'레드 로사(Red Rosa).'

사람들은 남부에 있는 넬주프 사막에서 심장을 관통당한 채 쓰러지는 모습을 보며 지독했던 전쟁을 일으킨 그녀에게 그 이름을 지어주었다.

아이러니하게도 전신에서 흘러나오는 피가 마치 꽃이 피는 것처럼 아름다웠다. 적군조차 형용할 수 없던 그 모습에 말을 잃었으니까.

열사(熱砂) 위에 흩뿌려진 피는 몇 달이 되어도 증발하지 않고 그대로 있었는데 얼마나 많은 용족의 피가 그곳을 덮었는지를 보여주는 증거였다.

그럼에도 불구하고 그녀는 끝까지 이강호에게 굴복하기보다는 죽음을 택했다.

'그건 단순히 명예 때문이 아니다. 그렇다고 현실에서 죽을 만큼 인간을 미워하던 삶을 살았기 때문도 아닐 것이다.'

정민지의 인간에 대한 미움을 이곳에서 만들어진 것이 틀림없었다.

'그 이유를 안다면……'

어쩌면 약속의 땅의 비밀을 알 수도 있다.

무열은 날카로운 눈빛으로 그녀를 바라봤다. 머뭇거리던 그녀가 처음으로 입을 열었다.

"내가 인간을 싫어하는 이유? 간단해. 자신들이 살기 위해

날 버렸기 때문이지."

정민지의 말에 무열은 눈썹을 씰룩였다.

'고작?'

이상하게 들릴지 모르지만 세븐 쓰론에 징집된 외지인들에게 그런 선택은 당연한 것이었다. 어설픈 동정의 결과는 죽음뿐이라는 것을 누구보다 무열은 충분히 겪었으니까.

그리고 한 부족의 수장으로서 지금의 그녀 역시 충분히 그런 것을 인정한다고 생각했다.

'여린 칭얼거림이라고 치부하기엔 눈빛에서 보이는 원망이 날카로운데.'

"……."

"세븐 쓰론에 소환되었을 당시 이곳으로 떨어진 사람은 100명이었어."

무열은 조용히 그녀의 말을 들었다.

"안전한 거점도 없었으며 눈앞의 보이는 몬스터는 막 징집된 우리가 감당할 수 없는 녀석들뿐이었지. 그 괴물들이 유일하게 침범하지 않은 곳은 사원뿐이었지."

'사원……?'

"첫날에 100명 중 30명이 죽었어. 갈기갈기 찢긴 시체들이 눈앞에 있었지만 사원 밖으로 나갈 엄두도 내지 못한 우리들은 그저 그 시체가 썩을 때까지 바라볼 수밖에 없었지."

강찬석이 만들었던 3거점은 가장 안전한 거점 중 하나였다.

주변의 몬스터가 없는 것은 아니었지만 기껏해야 고블린과 리자드맨 정도.

하지만 그런 곳조차 1차 몬스터 웨이브가 발발했을 때 전멸에 가까운 피해를 입었다. 먼 시간이 흐른 뒤에도 공략을 하지 못했던 이곳에 처음부터 떨어진 사람들은 온전한 정신을 유지하지도 못했을 것이다.

'어쩌면 지금까지 살아 있는 것이 신기한 일일지도 모르겠어.'

문제는 과연 어떻게 그녀가 지금껏 살아 있을 수 있었느냐 하는 것이겠지만.

"식량도 없는 우리는 결국 선택을 해야 했지. 안전한 사원에서 계속 있을 것인가. 아니면 위험을 무릅쓰고 나갈 것인가 말이야. 당신도 알다시피 징집될 당시 인벤토리 안에는 횃불과 작은 나이프 하나뿐이었으니까."

무열은 그녀의 말에 고개를 끄덕였다. 어떤 결과가 나왔을 것인가는 불 보듯 뻔했다. 그 역시 처음에 징집되었던 당시 모였던 사람들과 같은 일을 경험했기 때문이다.

"인간 사냥."

그의 말에 정민지는 쓴웃음을 지었다.

"맞아."

위험을 무릅쓰고 괴물들이 있는 곳을 나가는 것보다 눈앞에 먹잇감을 선택한다.

"독이 있는지 없는지도 확인할 수 없는 고기보다 안전하다고 검증된 고기가 나을 테니까."

"……."

무열은 마치 자신이 겪은 것처럼 예전 일이 떠오르는 기분이었다.

살기 위해서 인육을 먹는 것.

꽈악—

주먹을 쥔 손에 힘이 들어갔다. 그 상황에서 뭐라고 할 수 없을 것이다. 선택을 하고 선택을 받는 것의 차이가 죽느냐 사느냐의 차이라는 것이 문제겠지만.

"그런데 사원은 뭐지? 어째서 너희들은 같은 장소에 한꺼번에 모였지? 수십억 인구가 동시에 징집되었지만 내가 사람을 발견한 건 일주일이 지난 뒤였는데."

"이곳은 세븐 쓰론에서 유일하게 락슈무의 땅이 아니니까."

"뭐?"

"백금룡(白金龍). 나르 디 마우그는 어쩌면 대륙에서 유일하게 신에 버금가는 힘을 가진 존재일지도 몰라. 이 땅은 락슈무가 아닌 마우그가 관장하는 곳. 아마도 인류가 처음 징집되던 순간에 그가 직접 인간을 한곳으로 모은 듯해."

그녀의 말이 틀리지 않을 수 있다. 나르 디 마우그가 썼다는 창조 마법은 신을 제외하고 오직 그만이 유일하게 사용할 수 있다고 했으니까.

'어쩌면 위대한 마법과 동급 혹은 더 상위의 것일지도 모른다.'

그만큼 뛰어난 존재라면…… 락슈무 역시 얼마 안 되는 인간을 빼오기 위해서 그의 신경을 건드리려고 하지 않을 것이다.

"하지만 단지 출제자가 바뀌었을 뿐 시험의 내용은 똑같지. 용이든 신이든, 결국은."

정민지는 타오르는 불꽃을 바라보며 차갑게 말했다.

"남은 일흔 명 중에 열이 더 죽었을 때 마우그가 우리에게 나타났지."

"……."

"큭…… 크큭. 물도 없어서 인간의 피를 마시던 우리를 비웃듯 보란 듯이 말이야."

이를 가는 소리가 무열의 귀에 선명하게 들렸다.

"그가 우리에게 선택을 하라고 했지. 한 명의 제물을 두고 간다면 남은 자들을 대륙으로 보내주겠다고 말이지."

그의 표정이 눈앞에 선하게 그려지는 것 같았다. 인간을 장난감으로 생각하며 내려다보는 거만한 그 눈동자는 분명 신과 똑같았을 것이다.

"그 과정에서 내 동생이 죽었어. 녀석들이 아무것도 모르는 그 아이를 제물로 삼으려 했거든."

그녀는 손을 들어 이마를 짚었다. 새하얀 비늘로 덮여 있는 그녀의 팔은 인간의 것이라고 부를 수 없었다.

"하지만 나도 가만히 있진 않았어. 그중에 절반을 내 손으로 죽였으니까……. 하지만 그러면 뭐 하지? 동생은 돌아오지 않는데. 결국 녀석들은 나를 사원에 밀어 넣고 도망쳤지. 나는 복수조차 제대로 하지 못했어."

그녀의 분노가 느껴졌다.

"바보 같군."

그 순간, 무열의 말에 정민지가 무열을 바라봤다.

"……뭐?"

"상황은 대충 알겠다. 적자생존(適者生存). 틀린 말이 아니다. 특히 우리가 처한 상황에서 인류애를 바라는 것도 우스운 일이지."

"……너."

"네 동생의 일은 안타깝게 생각한다. 하지만 그들은 살기 위해서 널 버린 것뿐이야. 네가 살고자 했다면 너 역시 소수가 아닌 다수에 들어갈 수 있도록 최소한의 노력은 했어야지."

위로를 바라고 말한 것은 아니다. 정민지는 어째서 무열에게 지금까지 숨겼던 자신의 과거를 털어놓았는지 스스로도 이해가 가지 않았다.

"너 역시 살기 위해서 다수에 섞여 인간의 피를 마시지 않았나?"

"지금…… 내가 아닌 그들이 옳다는 말이야?"

"아니, 옳고 그름의 문제가 아니다."

무열은 아무렇지 않게 그녀에게 말했다. 어쩌면 그녀보다 더 오래 이곳의 삶을 경험한 유일한 존재이기 때문에 할 수 있는 것일지도 모른다.

"화를 내야 할 상대를 잘못 잡았다는 뜻이지."

정민지는 그의 말에 아무런 말도 하지 못한 채 물끄러미 무열을 바라봤다.

"평범한 상황에서 인간성을 버리는 것이 아닌 살기 위해 행하는 것. 그건 그따위 시험을 낸 출제자가 잘못된 거다."

"……."

"우리를 이 빌어먹을 곳에 징집시킨 신이나, 사원에서 너희들끼리 서로 죽고 죽이는 모습을 바라보며 비웃었을 도마뱀 새끼나."

무열은 똑바로 정민지를 바라봤다.

"그래서 온 거다."

"……뭐?"

"이따위 병신 같은 문제를 낸 출제자의 손목을 비틀어버리기 위해서."

그녀는 할 말을 잃고 무열을 바라봤다. 너무나도 당당하게 말해서 어이가 없을 지경이지만 이상하게도 그의 말이 불가능해 보이지 않았기 때문이다.

"하지만 녀석도 우릴 편안하게 쉬지 못하게 놔둘 생각인 모양이군."

"응?"

무열은 낮은 한숨과 함께 천천히 자리에서 일어나 옷을 털었다.

"무기를 들어라, 정민지."

그의 말에 그녀는 화들짝 놀랐다.

[크르르르르…….]

대답하듯 어둠 속에서 날카로운 안광과 함께 그들을 향한 으르렁거림이 들렸다.

무열은 담담한 목소리로 주위를 한번 훑고서 말했다.

"오늘 밤은 꽤나 길 것 같으니까."

[필드 드래곤 1마리가 사망하였습니다.]
[현재 총 개체 수 : 25/50]

[포이즌 드레이크 1마리가 사망하였습니다.]
[현재 총 개체 수 : 30/50]

"……."

푸른색의 메시지창이 연달아서 떠올랐다.

아무것도 보이지 않는 어둠 속에서 수십 개의 글이 빠르게 나타났다 사라졌다를 반복했다.

[린드 웜 5마리가 사망하였습니다.]

[현재 총 개체 수 : 12/50]

[다른 종에 비하여 개체 수가 부족합니다.]

[복원 작업이 필요합니다.]

"흐음……."

수십의 창이 떠 있는 상황에서 가운데 하나가 붉은색으로 변했다. 수백 년간 단 한 번도 이런 적이 없었기에 창을 바라보던 눈빛이 흔들렸다.

"이것 보게?"

레어의 몬스터들은 언제나 일정한 개체 수가 유지되고 있었다.

그저 먹고 먹히는 어지러운 야생이라고 생각할 수 있을지 모르지만 언제나 먹이사슬은 존재하는 법. 갑자기 한 종의 변화가 생기면 야생이 망가진다. 정해놓은 숫자를 유지함으로써 나름의 균형이 이뤄지고 있는 것이었다.

그게 바로 이곳의 주인 나르 디 마우그가 정한 규칙이자 깨지지 않는 법이었다. 그런데 지금 그게 깨지고 있었다. 갑자기 찾아온 이방인 때문에 말이다.

"오랜만이로군."

하지만 수백 년간 이어져 왔던 규율이 깨졌음에도 불구하고 그는 불편한 기색이 전혀 없었다.

입꼬리가 천천히 위로 올라갔다. CCTV처럼 떠 있는 홀로그램 영상을 뚫어져라 바라보는 그는 몬스터에 둘러싸여 있는 여자를 향해 웃었다.

주변의 몬스터가 쓰러질 때마다 허공의 푸른색의 창들에서 알림이 울렸다.

"아니, 살아 있었나? 라고 하는 게 옳은가. 내가 준 힘에 익숙해진 듯 보이는데……."

입술 안으로 보이는 날카로운 송곳니는 인간의 것이 아니었다. 백태가 낀 것처럼 새하얀 눈은 초점이 없는 듯했고 어깨까지 내려오는 긴 머리카락은 비단처럼 부드러워 보였다.

무척이나 그리운 사람을 만난 것처럼. 그는 나직하게 말했다.

"잡아먹히지 않고 용케도 버텼구나, 나의 딸아."

"후우……."

무열은 이마에 맺힌 땀을 닦아냈다. 피워놨던 모닥불은 형체를 알 수 없게 부서진 지 오래였고 이미 밤이었던 숲은 이미 해가 떠올라 동이 트고 있었다.

"……."

정민지는 자신의 주위에 너부러진 몬스터의 사체를 바라보며 할 말을 잃은 표정이었다.

"결국 밤을 새운 건가. 이곳의 주인은 의외로 소심한 모양이야. 꽤나 우리가 오는 것이 불편한가 보군."

무열은 쓰러진 몬스터들의 사체를 살피면서 말했다.

결국 한숨도 자지 못한 채 싸우기만 했다. 지친 기색이 역력한 정민지와 달리 무열은 쉬지도 않고 이번엔 허리춤에서 새로운 단검을 꺼내었다.

그 모습을 보며 정민지는 고개를 절레절레 흔들었다.

"그자가 보낸 건 아닐 거야. 여긴 최소한의 규칙 이외엔 아무것도 없으니까."

"그래? 그럼 다행이고. 명령에 의해 움직이지 않는다는 건 어떤 상황에서는 반대로 주인을 물 수도 있는 걸 뜻하니까."

"……?"

정민지는 무열의 말이 이해가 가지 않는 듯 고개를 갸웃거렸지만 그는 대답 대신 의미심장한 미소를 지을 뿐이었다.

"그런데 그런 건 언제 배운 거야? 도축술(Butchery)까지 할 줄 알다니……. 못하는 게 있긴 한 거야?”

“거점 안에 쓸 만한 사람이 있거든. 가끔 보면 활보다 도축을 더 잘하는 것 같기도 하지만.”

무열은 드래곤의 가죽을 있는 힘껏 잡아당겨 벗겨냈다.

“하지만 숙련도가 낮은 상태에서 하려니 할 게 못 되는군. 차라리 검으로 잘라 버리는 건 할 수 있겠는데 말이야.”

그렇게 말하면서도 무열은 포기하지 않고서 계속해서 도축에 열을 올렸다.

‘드레이크보다 조금 못 미치는 윕급의 몬스터들이지만 효과는 크게 다르지 않지. 게다가 대륙에서는 보기 힘든 녀석들이니까.’

[중급 용 가죽을 획득하였습니다.]
[가죽의 상태는 무두질의 숙련도에 따라 상승 혹은 하락할 수 있습니다.]

‘강건우의 부재가 아쉽군. 그였다면 상급 용 가죽을 얻을 수 있었을 텐데. 그걸 마스터급 가죽 세공자를 통해 최상급 보호구로 만들 수 있었을 테고.’

무열은 자신의 도축술의 숙련도가 낮음이 아쉬웠다. 하지만 사실 세븐 쓰론이 시작된 지 이제 2년 가까이 될 뿐인 시점에서 15년 뒤에도 몇 개 없을 용 가죽으로 만든 갑옷을 얻을 수 있다는 건 엄청난 일이었다.

'언제 한번 용 사냥을 준비해야겠군.'

대륙에 존재하는 세 개의 레어뿐만 아니라 이곳의 용까지 모두.

'용 가죽은 드래곤 특유의 속성에 따라 가죽에도 기본적인 마법이 걸려 있지. 마광산에서 얻은 속성석을 이용해서 그 힘을 더 높인다면 속성부대를 결성하는 것도 절대 불가능한 일이 아냐.'

무열은 이곳에서 생각지 못한 재료들을 얻음으로써 자신의 계획이 좀 더 앞당겨짐에 기뻐하지 않을 수 없었다.

그의 머릿속에서는 이미 이곳에서 풀어야 할 일보다 더 미래를 생각하고 있었다.

"도착인가."

도축을 끝내고 난 뒤 인벤토리 안에 재료들을 잘 갈무리한 무열이 한참을 더 숲을 따라 안으로 들어가자 눈앞에 낡은 사원이 나타났다.

"맞아."

정민지는 자신의 몸에서 나는 피비린내에 인상을 찡그리며 고개를 끄덕였다.

2년도 채 되지 않아 찾아왔음에도 이곳은 마치 오랜 세월의

풍파를 맞은 것처럼 낙후되어 있었다.

"왜 이렇게 변했지?"

그녀는 황급히 뭔가를 찾는 듯 두리번거렸다.

영문을 알 수 없는 무열은 그저 그녀를 가만히 지켜볼 뿐이었다.

"……!!!"

사원의 뒤로 돌아서 들어가자 거기엔 작은 공터가 있었다.

공터는 누군가 파헤친 것처럼 어지럽게 바닥이 패여 있었다.

그 모습을 바라보며 정민지는 입을 다물지 못했다.

무열은 천천히 주변을 살폈다.

낡은 사원은 여기저기 무언가로 갈린 듯 헐어 있었고 파헤쳐진 바닥은 마치 양쪽에서 두 팔로 판 것 같은 모습이었다.

"……."

발아래 떨어져 있는 조악하게 나무로 만든 십자가.

그게 무엇을 의미하는지 무열은 눈치챌 수 있었고 어째서 그녀가 저런 표정을 짓는지 알 것 같았다.

무덤.

이곳은 사원에서 죽은 자들의 무덤이었다.

그 말은 곧 그녀의 동생 역시 이곳에 잠들어 있었다는 뜻이었다.

"아무래도 여긴 더 이상 인간을 보호해 주던 사원이 아닌 것 같군."

"그게 무슨 말이야?"

감상에 빠질 시간은 없었다. 무열은 낡은 사원을 가볍게 만지며 말했다.

"마우그가 사원으로 징집된 인간을 집결시켰던 것은 그의 비호가 있었기 때문이라면…… 보호해야 할 인간이 없는 곳을 굳이 더 이상 신경 쓸 필요 없지. 가뜩이나 자리가 모자라 매일 치고받고 하는 곳이니 말이야."

무열의 말에 정민지는 당혹스러운 표정을 지으며 말했다.

"이건 시간이 지나서 된 게 아냐. 뭔가에 뜯긴 흔적이지. 마치 애완견이 이갈이를 할 때 벽지를 뜯는 것처럼 말이야."

"설마……."

"그래, 아무래도 사원의 새로운 주인이 있는 모양이다."

[크아아아아———!!!!]

그때였다.

쿵!!

소리와 함께 사원 지붕 위에서 새하얀 털을 가진 거대한 뭔가가 떨어졌다.

날카로운 두 개의 송곳니가 길게 나 있었고 마치 호랑이처럼 네 발로 땅을 잡고 낮은 자세로 으르렁거리는 녀석은 드래곤이 즐비한 이곳과 어울리지 않아 보였다.

'샤벨리거……? 아냐, 달라.'

모습은 대초원에서 보았던 몬스터와 비슷하지만 분명 달랐다.

키메라처럼 새하얀 털에 가려져 제대로 보이지 않았지만 녀석의 꼬리는 다섯 개로 갈라져 있었으며 각 꼬리의 끝은 뱀의 입처럼 갈라져 있었다.

'S급 몬스터. 우마(Uma).'

기억을 더듬던 무열이 자신도 모르게 살짝 입술을 깨물었다.

"드래곤의 애완견이란 건가? 취미 한번 고약하군."

"이게 어떻게 된 일이지⋯⋯?"

정민지는 눈앞에 나타난 우마를 보며 당혹스러운 표정을 감추지 못했다.

추억에 잠기고 싶은 마음 따윈 없었다. 애초에 돌이킬 추억도 없었으니까.

하지만 죽은 동생과 마지막까지 함께한 곳이 여기였기 때문에 그녀는 이곳이 몬스터의 둥지가 되었다는 것을 용납할 수 없었다.

빠득―

그녀는 이를 갈았다.

"여긴 내게 맡겨."

"밤새 싸웠다. 게다가 저 녀석은 S급이야. 지금 너로서는 힘겨울 수 있다."

"걱정 마. 이곳이기 때문에 쓸 수 있는 힘이 있으니까."

무열은 그녀의 말에 고개를 돌렸다.

정민지는 천천히 자신의 얼굴을 가리고 있는 가면을 향해 손을 가져갔다. 전생(前生)에선 그 누구도 그녀의 얼굴을 본 사람이 없다. 그런 그녀가 스스로 가면을 벗으려는 것이다.

탈칵.

얼굴의 반을 가린 가면을 벗는 정민지. 그녀의 얼굴엔 알 수 없는 문양들이 문신처럼 박혀 있었다.

"놀라지 않는군."

"세븐 쓰론에서 그 정돈 아무 일도 아니까."

이런저런 소문이 무성했다. 드래곤의 피부가 덮여 있다는 둥 마법의 여파로 피부가 문드러져서 가면을 쓰고 있다는 둥 말이다.

"그리고 딱히 보기 흉한 것도 아니고."

워낙에 많은 소문이 돌고 돌았던 터라 정작 실체를 보니 무열에겐 큰 감흥이 없었다. 오히려 평범해 보였다면 보였을까.

그녀는 무열의 말에 피식 웃었다.

"그래? 끝까지 놀라지 않았으면 좋겠군."

마법진이 새겨진 뺨을 한번 훑자 새하얀 빛이 흘러나오기 시작했다.

무열은 그것을 유심히 바라봤다.

'능력을 증폭시켜 주는 마법진이라고 생각했는데 오히려 반대인 봉인진이라니. 지금까지 힘을 억제하고 싸웠단 말인가.'

빛과 함께 봉인진이 사라지자 그녀의 몸이 비정상적으로 꿈틀거렸다.

두득…… 두드득———!!

어깨부터 척추를 타고 뼈마디가 괴상한 소리를 내며 꺾였다.

'그렇군.'

정민지는 지금으로도 충분히 강했다. 자신과 함께 하루 동안 잡은 몬스터의 수만 하더라도 수십 마리였으니까.

하지만 뭔가 부족했다. 사람들에게 레드 로사(Red Rosa)라는 이름을 붙게 만들 정도로 넬주프 사막에서 그녀와 이강호의 전투는 강렬했으니까.

뭔가 빠진 듯한 기분을 감출 수 없었던 무열은 그게 무엇이었는지 이제 알 수 있었다.

정민지를 용족의 여왕으로 등극할 수 있게 해준 그녀의 스킬(Skill).

바로, 용족화(龍族化)였다.

[죽여 버리겠어.]

붉은 안광과 함께 그녀의 목소리는 마치 두 사람이 말하는 것처럼 이중으로 겹쳐 들렸다.

풍겨오는 위압감.

무열은 아무런 말도 하지 않고서 팔짱을 낀 채 그 모습을 바라봤다.

그녀의 말대로 도움은 필요 없다.

이미, 결과는 나와 있었으니까.

짝, 짝, 짝.

정적을 깨뜨리고 박수 소리가 들렸다.

"대단하구나, 딸아. 네가 이 정도까지 할 수 있을 것이라고는 생각 못 했는데 말이야."

사원의 안쪽에서 들려오는 목소리. 지친 기색이 역력한 정민지가 우마의 심장을 바닥에 던지며 고개를 들었다.

"누가 네 딸이야?"

알 수 없는 위압감이 느껴졌다. 상황을 관망하던 무열은 남자가 누구인지 직감했다.

'나르 디 마우그.'

상위의 드래곤들은 인간의 모습으로 폴리모프할 수 있었다. 대륙에서 레어를 가지고 있는 세 마리의 용이 그랬다.

하지만 마우그는 그들과는 전혀 다른 느낌이었다. 아무것도 하지 않고 아무런 말도 하지 않았지만 그저 자연스럽게 흘러나오는 아우라는 살기 같으면서도 한편으로는 다정한 느낌이었다.

"오랜만이구나."

"닥쳐."

그녀의 분노는 아직 사그라지지 않은 듯 매섭게 노려보았다.

죽음과도 같은 공포를 선사해 준 당사자였다.

"아직도 너를 몰아세운 자들과 똑같은 인간의 삶에 연연해 있느냐. 내가 너에게 용의 길을 선사해 주었는데 말이야."

보는 것만으로도 오금이 저릴 수 있는 상황에서 정민지는 그를 똑바로 바라봤다.

"내게 이 힘을 준 걸 후회하게 만들어주겠어."

[얼마든지.]

그 순간, 무열과 정민지를 바라보던 그의 목소리가 홀 전체에 울리듯 들렸다.

부르르…….

두 사람은 전신이 경직되는 느낌을 받았다.

"큭……!?"

정민지는 갑작스러운 한기에 적응하지 못한 듯 다리에 힘이 풀린 것처럼 비틀거리며 주저앉아 버렸다.

"으…… 으윽……."

심연에 자리 잡고 있던 공포가 순식간에 끓어올라 그녀의 몸을 지배했다.

조금 전까지의 호기로움은 사라지고 그녀가 얼굴을 감싸며 바르르 떨었다.

고유 스킬 '피어(Fear)'.

야수형 몬스터 중에 피어를 가진 개체가 분명 존재한다. 무열이 처음 붉은 첨탑에서 처음 그리핀을 만났을 때에도 이 능력을 썼다.

하지만 피어는 정신력에 비례해서 더 큰 효과를 준다. 시전자보다 정신력이 약할 경우 전신을 굳게 만드는 마비 효과뿐만 아니라 패닉에 빠지기도 한다.

그러나 무열이 그리핀을 사냥했을 때와 마찬가지로 그 피어를 이겨낸다면 효과는 거의 없다고 봐도 좋을 것이다.

지릿…… 지릿…….

무열은 어깨에서부터 마치 전기가 관통하고 내려오는 느낌에 손바닥을 몇 번 쥐었다가 폈다. 저린 느낌은 있었지만 그다지 움직이지 못할 정도는 아니었다.

"……."

그는 천천히 고개를 들어 마우그를 바라봤다. 그러고는 아무렇지 않은 표정으로 담담하게 말했다.

"별거 아니군."

80장
사원 공략

"쿨럭…… 쿨럭……."

"이걸 마셔라. 상태에 좀 도움이 될 거다."

무열은 상아탑에서 가져온 포션을 그녀에게 건넸다. 사원 안쪽 계단을 내려가던 그녀는 잠시 고민을 하다가 그것을 받았다.

"우웁……?!"

포션을 입에 털어 넣던 그녀는 놀란 표정을 지으며 바닥에 그걸 뱉어냈다.

"다 먹어. 맛은 보장 못 하지만 효과는 보장하니까. 연금술사에게 요리 스킬까지 바라지 마."

"도대체 이걸 누가 만든 거야?"

"세븐 쓰론에서 가장 뛰어난 연금술사."

"……뭐?"

무열은 그녀의 얼굴을 보며 피식 웃었다. 유리병 안에 들어 있는 녹색의 액체는 그냥 보기에도 맛이 없을 것 같았다.

상아탑에서 순금을 전하러 왔을 때 지웅 슈는 자신이 만든 A급 포션을 그에게 주었다. 포션은 붕대와 달리 즉각적인 치유 효과가 있으며 상태 이상 제어에도 도움이 된다.

'전쟁터에서 맛 따위는 솔직히 사치지. 그나저나 지금 시기에 벌써 A급 포션을 만들 수 있을 것이라곤 상상도 하지 못했군.'

맛은 정말 없었지만 꾸역꾸역 포션을 다 마신 정민지는 자신의 몸 안에 감도는 기운에 자못 놀란 표정이었다.

"약효가 도는가 보군. 당분간 용족화는 쓰지 않는 게 좋을 것 같군. 강력하긴 하지만 이 정도로 반발력이 심하면 몸이 버티질 못할 테니."

"상관없어. 그자가 이곳에 있다는 것을 확인한 이상……."

툭.

그때였다.

계단을 따라가던 무열이 발걸음을 멈췄다.

"이봐."

차가운 그의 목소리에 정민지는 자신도 모르게 움찔거렸다.

"뭔가 잘못 생각하는 것 같은데, 말은 똑바로 하지?"

"……뭐?"

"나는 널 돕기 위해 이곳에 온 게 아니다. 내 목적을 달성하는 데 있어서 녀석이 방해되면 제거할 뿐."

"그…… 그래서?"

"복수를 원해? 그럼 너 혼자의 힘으로 나르 디 마우그를 죽일 수 있을 거라고 생각하나? 고작 그 녀석이 준 힘으로. 그것도 제대로 다루지도 못하는 주제에 말이야."

신랄한 무열의 말에 정민지는 뭐라 반박을 하고 싶었지만 이내 입을 다물 수밖에 없었다. 그의 말이 맞기 때문이다.

자신이 이곳으로 돌아올 수 있었던 가장 큰 이유도 무열이 약속의 땅으로 출항을 결심했기 때문이지 않은가.

"목숨을 소중히 해라. 모험을 하는 것이 나쁘다는 것이 아니다. 쓸데없는 죽음만큼은 피하라는 것뿐. 절대로 먼저 나서지 마라."

"……."

무열은 품 안에서 가면을 꺼냈다. 조금 전 그녀가 봉인진을 풀면서 벗었던 것이다.

"복수란 살아 있을 때야 비로소 완벽해지는 거다. 동반 자살을 해봐야 아무런 의미가 없다는 말이다."

그가 건넨 가면을 받고서 정민지는 그저 그의 뒷모습을 물끄러미 바라볼 뿐이었다.

그녀에게 한 말이지만 사실 그 말은 자기 자신에게 한 것이나 진배없었다.

'살아 있어야 한다. 그래, 살아 있어야지. 신을 죽이기 위해서. 신에게 복수를 하기 위해서. 신을 죽이고 나서도 당연히, 나는……'

무열에게서 느껴지는 분노.

그는 지금 이 상황이 마음에 들지 않았다.

사원 앞에서 만난 나르 디 마우그를 무열은 가차 없이 베었다. 하지만 그건 실체가 아닌 정신체였다.

그는 두 사람을 사원 안으로 초대했다.

무엇을 보여주기 위함일까.

바스락.

마지막 계단 아래 모래가 밟히는 소리와 함께 무열은 눈앞에 자신들을 기다리는 거대한 문을 주시했다.

"여기가 끝인가 보군. 이 안에 들어와 본 적이 있나?"

"딱 한 번……. 하지만 그때는 의식을 잃은 상태여서 확실히 아는 것은 없어. 여기가 거긴지……. 하지만 사원의 길이 외길이라면 여기뿐이겠지."

"한번? 만약 거기가 맞다면? 뭐가 있지? 파수꾼이라도 있는 건가?"

"아니."

정민지는 마른침을 삼켰다.

"여긴 실험 장소였어."

"……실험?"

생각지 못한 일이었다. 백금룡의 존재조차 알지 못하던 상황에서 이제는 드래곤이 인간을 가지고 실험을 했다니 말이다.

"반신(半神)을 만들기 위한 곳. 나르 디 마우그는 그 자신은 신에 버금가는 능력을 가졌지만 단 하나 가지지 못한 게 있지."

"창조(創造)."

정민지는 무열의 말에 놀란 표정을 지었지만 곧 익숙하다는 듯 고개를 끄덕였다.

"맞아. 그래서 그는 인간을 가지고 실험을 했지. 신이 될 수 있는 방법에 대해서. 위험한 일이지. 억겁의 시간을 산 노룡(老龍)도 자신이 죽는 건 싫었나 봐."

그녀는 차갑게 웃었다.

"토착인이 아닌 우리를 쓴 이유는 아마도 락슈무에 의해서 주어진 능력 때문이 아닐까 싶어. 스킬(Skill). 토착인과 달리 우린 수치만 높인다면 무엇이든 습득할 수 있으니까. 이건 엄청난 단점이자 장점이니까."

"인간에게 주입시켰군. 어떤 속성이든 어떤 힘이든 강제적으로 숙련도를 높여 버리면 습득하니까."

"그래, 우린 말 그대로 실험실에서 사용된 모르모트였지.

죽으면 폐기 처분되는."

상황은 짐작이 갔다. 나르 디 마우그는 징집된 인간을 사원에 모아 자신의 세계를 새롭게 구축한 것이다.

'백 명의 인간 중 예순 명이 남을 때까지 그저 보고만 있었던 이유는 알 수 없다.'

신이 된 기분을 느끼고 싶었던 걸까. 아니면 다른 의미가 있는 걸까.

신도, 용도 인간의 잣대 안에서의 이해는 절대로 불가능했다. 인간이 개미의 입장에서 삶을 생각하지 않는 것처럼 말이다.

'그래서 그는 창조 마법을 만든 건가. 신력 대신 마력으로 빈자리를 대체해서 신에게 다가가기 위해.'

무열은 곰곰이 생각했다.

'창조 마법이란 건 존재한다. 그렇지 않으면 창조력을 얻었을 때 설명창에 누락되어 있어야 하는 것이니까.'

균열의 힘을 가지고 신에게 반기를 들었던 정령. 신에게 다가가고 가까워지기 위해 창조 마법을 만들었던 드래곤.

무열은 자신도 모르게 냉소를 지었다.

"재밌군."

완성된 힘이라면 자신도 얻지 못할 것이 없다. 그녀의 말대로 스킬(Skill)이라는 능력은 엄청난 약점이 될 수 있지만 반대로 엄청난 강점이 될 수도 있는 것이니까.

그는 멈췄던 걸음을 다시 걷기 시작했다. 눈앞에 보이는 거대한 문을 있는 힘껏 밀어 여는 순간, 알 수 없는 을씨년스러움이 엄습해 왔다.

'그 힘, 내가 집어삼켜 주지.'

인간을 제물로 삼는 교단을 통해 결국 자신의 의지대로 이용하려던 락슈무나 인간을 실험체로 쓰려던 나르 디 마우그.

"아무리 생각해도 이놈이고 저놈이고……."

<u>드르르르르르</u>……

오래된 문은 거대한 석벽이 움직이는 것처럼 요란한 소리를 냈다. 코를 찌르는 악취에도 무열은 정면을 응시하며 말했다.

"다 버러지 같은 놈들뿐이야."

그 순간, 어둠 속에서 새하얀 안광이 빛을 뿜어냈다.

"강무열과 정민지가 사원으로 들어갔다. 계획한 것보다 빠른데 괜찮을까?"

"상관없어. 어차피 나르 디 마우그과의 만남은 필연적인 일이니까. 지금의 그에게 있어서는 조금 더 늦든 빠르든 크게 상관없겠지."

사원 안으로 들어가는 두 사람을 바라보며 검귀와 위그나타르는 낮은 목소리로 대화했다.

"사원에 들어가기 전에 뭔가 전해야 한다고 하지 않았나? 검의 구도자와 관련된 것이라면서."

"맞아. 나르 디 마우그의 비늘을 뚫으려면 지금 강무열이 가지고 있는 검으로는 어렵지. 인성이 어떻든 그는 억겁을 살아온 존재. 신급이라고 해도 과언이 아니니까."

위그나타르는 고개를 저었다.

"하지만 반대로 진짜 검의 구도자에 도달하기 위해서는 나르 디 마우그가 필요하니까. 참견보다는 알아서 하는 게 나을지도 모르지."

"뚫지 못할 검으로 싸우라는 말인가. 이해하지 못하겠군. 무슨 의도지? 당신은 인간의 편인가? 그럼 차라리 직접 도와주는 게 맞지 않아?"

그의 말에 남자는 가볍게 웃었다.

"세븐 쓰론에 징집된 자들은 저마다 자신이 짊어져야 할 무게가 있지."

"……마치 여왕님 같은 말을 하는군."

"그녀가 그런 말을 하던가?"

"그래, 티누비엘가(家)는 과거 드워프와 함께 블레이더

(Blader)의 일원이었으니까. 검의 구도자를 만든 것 역시 그분의 선조시지."

남자는 인정한다는 듯 고개를 끄덕였다.

"물론 여왕님께서는 그 일을 가문의 오점(汚點)이라고 생각하지만 말이야."

위그나타르의 말에 남자는 말했다.

"네가 날 돕기로 결심한 것과 비슷하겠지. 안 그래?"

그 말이 쐐기가 된 듯.

"검(劍)……. 그 의미를 언젠가 알게 되겠지. 그녀가 모르더라도 그녀의 선조는 알았던 것처럼."

"……당신은 외지인이 아닌가?"

위그나타르는 복면 속 가려진 그의 얼굴이 어떤 표정일지 궁금했다. 하지만 복면 뒤에 표정은 볼 수 없었다.

다만, 남자의 목소리가 조금 더 고양되었다는 것만큼은 알수 있었다.

"물론, 외지인이지."

"우웁……."

정민지는 손으로 입을 틀어막았다. 헛구역질과 함께 바닥에 주저앉았던 그녀는 무열이 어깨를 잡자 그제야 정신을 차린 듯 숨을 토해냈다.

"정신 차려. 이제 시작이다."

문을 연 순간, 마치 세상이 역전된 것처럼 몸이 뒤집어지는 기분이 들었다.

어둠 속에 또 다른 어둠이 찾아온 것 같은 느낌.

태엽을 억지로 돌려 시간을 역행한 기분은 롤러코스터를 몇 번이나 탄 듯한 어지러움과 같았다.

[훌륭하군. 제 발로 사원 안에 들어온 인간은 네가 처음이다. 기뻐해도 괜찮다.]

"그리고 인간이 드래곤의 목을 베는 것도 처음이겠지. 그건 기쁘군."

[당돌한 인간 같으니.]

날카로운 미소가 보였다. 조금 전 사원의 앞에서 자신들에게 말했던 인간은 더 이상 보이지 않았다.

부서진 커다란 유리관들 사이에 웅크리고 앉아 있는 거대한 드래곤. 저게 나르 디 마우그의 진짜 모습일 것이다.

[하지만 싫지 않군. 신만큼은 아니지만 제법 오랫동안 인간을 봐왔다. 하지만 너희와 같은 자들은 처음이거든. 그런데 어째서 온 거지? 나는 인간의 접근을 분명 금하였을 텐데.]

"네게 한 가지 물을 것이 있다."

무열은 자신의 검을 들어 그에게 보였다.

"이 검, 너와 관련이 있는가?"

[그래, 분명 예전에 그런 일이 있었지. 그 검을 보니 기억나는군. 아이언바르와 엘븐하임의 별종들이 만나 이상한 걸 만들려고 했지.]

"너도 이걸 만드는 데 동참했다는 건가?"

[동참이 아닌 부탁을 들어주었을 뿐이다. 나의 파편이 필요하다고 했지.]

"어째서?"

[검(劍). 무엇이든 벨 수 있는.]

나르 디 마우그는 과거의 일을 회상하듯 잠시 눈을 감았다. 새하얀 눈이 눈꺼풀에 가려지자 순식간에 어둠이 찾아왔다.

[신조차 벨 수 있는 검을 만들려고 했다지, 그들은. 우습지. 나조차 도달하지 못한 걸 하려고 했으니. 미개한 종족들이 말이야.]

빠득.

정민지는 그의 말에 자신도 모르게 이를 갈았다.

[작은 유희는 되었다. 내 파편을 담금질하는 데에만 수십 년. 그리고 그걸 다시 검의 형태로 만드는 데까지 수백 년. 그래도…… 성공했나 보군. 가끔 놀라워, 너희들은.]

그는 정민지를 바라봤다.

[나의 파편을 다룰 수 있고 나의 힘에도 먹히지 않았으니 말이야.]

"닥쳐!!!"

[하지만 거기까지. 미개한 건 마찬가지로구나. 나의 힘을 받았음에도 불구하고 아무것도 하지 못하다니. 너희들은 권좌에 오르는 것이 목표라 하지 않았더냐.]

그 힘을 주었다고 말하는 그의 말이 너무나도 가증스러웠다.

[현신(現神)의 망토가 발동되었습니다.]

순간, 정민지는 무열의 주위에서 몰아치는 힘에 깜짝 놀라며 그를 바라봤다.

[지속 시간 : 3분]

등 뒤로 보이는 세 개의 형상.

쿤겐과 에테랄, 그리고 막툰이 그의 몸 안으로 스며들 듯 뒤엉켰다.

그 광경에 마우그는 눈에 이채를 띠며 말했다.

[데미갓(DemiGod)……? 허허, 놀랍군. 오래 살고 볼 일이야. 인간이 정말 그 영역에 도달하다니.]

"그래, 오래 살고 볼 일이지. 네가 그토록 찾기 위해 인간을 실험체로 썼지만 실패한 걸 고작 아이템 하나로 이뤄낼 수 있으니 말이야."

[······.]

나르 디 마우그는 무열의 모습을 보며 기가 막히다는 목소리로 말했다.

[건방진······!! 하지만 반신(半神)은 결국 반쪽짜리일 뿐. 나에게 그 어떠한 해도 되지 않는다.]

"어떻게 생각해?"

무열이 말했다. 그러나 그 물음은 마우그에게 하는 것이 아니었다.

[듣자 하니 기가 차는군. 그래, 확실히 대단하지. 신에 범접할 만한 능력을 가진 자다.]

쿤겐은 차가운 목소리로 말했다.

[하지만 녀석 역시 신은 아니지. 이 몸이야말로 신에게 대적한 유일한 존재라는 걸 잊지 마라.]

무열은 그의 말에 씨익 웃었다.

[반신(半神)이 부족하다면 나머지 반을 채우면 그만. 건방진 도마뱀 녀석에게 가르쳐 줘야겠지.]

[······!!!!]

그때였다.

파앗———!!!

어둠을 뚫고 무열이 순간이동을 하듯 나르 디 마우그의 등 뒤로 나타났다. 차가운 칼날 위로 전격이 뿜어져 나왔다.

그는 거대한 용의 목에 검을 겨눈 채 말했다.

"동감이야. 오늘이 인간이 드래곤의 목을 베는 최초의 날이 될 것이다."

콰아아아앙———!!!!

마법검이 나르 디 마우그 목을 있는 힘껏 베었다. 새하얀 용의 비늘은 마치 쇠를 가는 것처럼 검날이 닿는 순간 불꽃이 튀었다.

[반신의 힘에 정령왕의 기운이라……. 지금까지 내가 본 인간들 중에 가장 특이하군.]

있는 힘껏 휘두른 검임에도 불구하고 나르 디 마우그는 무열의 공격을 받아내며 아무렇지 않은 듯 말했다.

[충분히 강한 힘이지만…… 도구가 그 힘을 못 받쳐 주는군.]

검의 날이 위태롭게 흔들렸다.

무열은 인벤토리에서 얼음 발톱을 꺼내었다.

쩌저적……!!

차가운 냉기가 순간적으로 공기를 얼어붙게 만들었다. 에테랄의 냉기가 검날에 스며들었고, 그와 동시에 그는 다시 한

번 나르 디 마우그의 목을 내려쳤다.

하지만 새하얀 비늘은 딱딱하게 굳어 검이 절대 들어가지 못할 것 같았다.

[가소롭군.]

나르 디 마우그의 말을 들으면서도 무열은 공격을 멈추지 않았다.

핑그르르르……!!

공중에 두 자루의 검을 띄우고서 허리춤에서 뇌격과 뇌전을 꺼냈다.

파즉…… 파즈즈즉……!!!

쿤겐의 힘이 깃들자 강렬한 전격이 뿜어져 나왔다. 있는 힘껏 나르 디 마우그의 비늘 틈으로 검을 찔러 넣었다.

"……!!!"

맹렬하게 솟구치던 스파크가 흡사 촛불을 끈 것처럼 사그라졌다.

마치 전격이 흡수된 것처럼 검날에서 새하얀 연기가 피어올랐다.

반신의 힘으로도 뚫을 수 없는 나르 디 마우그의 비늘은 마치 무열을 비웃듯 파르르 떨렸다.

[저 비늘은 마법적 힘으로 부술 수 없다. 어떻게 된 괴물인지 모르지만 비늘 자체가 마력을 흡수하는 것 같다.]

[정령력 역시 마찬가지야.]

얼음 발톱에 힘을 주던 에테랄이 인상을 구기며 말했다.

[방법은 물리력이란 말인가. 하지만…….]

막툰은 나르 디 마우그의 말을 인정하지 않을 수 없었다.

단단한 비늘은 지금 가지고 있는 검으로는 뚫을 수 없기 때문이다.

빠득.

정민지는 그 광경을 보며 자신도 모르게 이를 갈았다. 인정하고 싶지 않지만 압도되고 만 것이다.

레이드(Raid)에서 가장 중요한 것은 자신의 역할에 충실하는 것.

이제 막 전투가 시작된 것임에도 불구하고 그녀는 나르 디 마우그의 모습에 평정심을 잃고 말았다.

"죽여 버리겠어, 도마뱀 새끼……!!"

무열은 갑작스러운 정민지의 난입에 인상을 구기며 소리쳤다.

"비켜!!!"

콰아아앙———!!!

용족화를 하지 못한 그녀가 그대로 나르 디 마우그 발톱을 정면에서 맞았다. 공격을 피하지 못한 그녀는 눈을 질끈 감고 팔을 들어 얼굴을 보호하는 데 급급했다.

요란한 소리와 함께 사원 전체가 흔들렸다.

"꺄악!"

그녀의 비명이 들렸다. 무열은 황급히 공중에서 떨어진 그녀의 앞으로 달려갔다.

벽에 몇 번이나 튕겨 나갔던 충격으로 사원의 지붕이 깨지며 어둠뿐이었던 공간에 빛이 새어 들어왔다.

"쿨럭…… 쿨럭……."

"멋대로 나서지 마라. 팔이 날아가지 않은 것만으로도 감사하게 생각해."

"……."

무열은 자신이 만든 마력이 담긴 붕대를 그녀의 앞에 던지며 말했다.

이런 상황에서 걱정 따위는 사치라는 듯한 그의 냉정한 행동에도 정민지는 그저 말없이 바닥에 떨어진 붕대를 주워 상처가 난 팔에 감았다.

"덕분에 방법이 보였다."

붕대를 감던 정민지가 무열의 말에 놀란 표정을 지으며 고개를 들었다.

'할 수 있겠어.'

아주 잠깐이지만 그녀와 나르 디 마우그의 발톱이 부딪쳤을 때의 순간을 그는 기억하고 있었다.

"네가 해야 할 게 있다."

무열은 표정 하나 변하지 않고 아무렇지 않게 말했다.

"나르 디 마우그에게 한쪽 팔 정도 내줄 수 있나?"

"……뭐?"

"미쳤군."

위그나타르는 자신도 모르게 한마디 내뱉고 말았다.

파르르 떨리는 남자의 어깨.

"재밌군."

검귀(劍鬼)라 불리는 정체불명의 검객은 그 모습을 바라보며 전율이라도 느끼는 모습이었다.

'이자는 설마 인간이 백금룡을 정말로 이길 수 있다고 생각하는 건가.'

위그나타르는 이해가 가지 않는다는 표정이었다.

'하긴…… 내가 그를 돕는 것부터 말이 되지 않는 일일지 모르지.'

그를 처음 만났던 때를 떠올리며 위그나타르는 고개를 천천히 저었다.

'엘븐하임의 수호장을 죽인 자에게 복수는커녕 그를 따라다

니고 있으니 말이야.'

엘프들이 살고 있는 엘븐하임에는 세 명의 수호장이 존재한다. 그중에 하나가 바로 위그나타르였으며 셋 중에 가장 연장자이자 수호장을 창설한 킬덴 칼 티누비엘이었다.

그는 여왕인 퓌렐의 백부이자 티누비엘가(家)의 수장이기도 했다.

엘븐하임에서 가장 위세를 떨쳤던 제1수호장인 그가 돌연 사를 하고 말았다.

'범인은 내 앞에 있는 저자. 검귀(劍鬼).'

위그나타르는 지금까지 그 어떤 침략도 불허했던 엘븐하임, 그것도 가장 강력한 수호장의 죽음이 자신의 저택 안이었다는 사실에 믿을 수 없어 하며 범인을 찾기 시작했다.

그의 흔적은 두 자루의 검을 쓴다는 것과 복면을 쓰고 있다는 것이었다.

체구와 도주 경로는 저택에 있던 사람들에게 알 수 있었다.

'지금 생각하면 이상해. 킬덴 경을 암살할 정도의 실력이라면 고작 시녀들이나 집사에게 자신의 정체를 들킬 리 없다.'

마치 자신의 일부러 알게 놔둔 것처럼. 그리고 결국 위그나타르는 검귀를 만났다.

솔직히 얘기하자면 그가 검귀를 찾았다기보다는 검귀가 그를 만나러 온 것이었다.

'거기서 놀라운 사실을 들었지. 지금까지 수호장으로서의 사상을 완전히 뒤집어 놓는……'

여전히 믿을 수 없는 일.

그렇기 때문에 위그나타르는 결국 여왕을 호위해야 할 수호장으로서의 임무마저 내팽개치고 이곳에 있는 것이었다.

'이 일이 끝나면 알 수 있겠지.'

그는 검귀를 날카롭게 바라봤다. 그의 눈빛엔 의혹이 가득했다.

'이 세계의 진실. 그리고 여섯 종족이 해야 할 일을 말이야.'

❁

"그게…… 무슨 헛소리야?"

무열의 말에 정민지는 어처구니없다는 표정을 지었다.

"나르 디 마우그의 공격은 아무나 막을 수 있는 게 아니다. 그의 차원 마법은 공간 자체를 베어버리니까."

그는 자신의 갑옷을 보이며 말했다. 어깨를 보호하던 보호대가 날카로운 단면을 보이며 잘려 있었다. 마치 처음부터 그 부분이 없었던 것처럼.

"하지만 네 팔은 다르지. 나르 디 마우그의 피를 이어받았기 때문에 그의 공격을 막을 수 있는 거지."

그는 정민지의 한쪽 팔을 가리켰다. 인간의 것이 아닌 흰 비늘로 덮여 있는 드래곤의 팔이었다.

"그 팔이라면 나르 디 마우그의 공격에도 살아남을 수 있을 거다. 뭐⋯⋯. 차원 마법을 떠나 그의 힘 자체를 못 버텨서 잘려 나가는 건 어쩔 수 없지만."

"말은 잘하네."

"있을 수 있는 상황을 말해주는 것뿐이다. 조심하라는 의미야."

정민지는 무열의 말에 기가 찼다.

"여자를 사지로 내몰면서 하는 게 고작 조심하라?"

"적어도 널 제물로 바치고 살려고 하던 사람들보다는 낫잖아?"

너무나도 당당한 그의 말에 그녀는 할 말을 잃고 말았다.

"믿어라. 아주 작은 틈이라도 좋다. 상처를 만들어. 네 팔이 날아간다면 적어도 그 대가로 녀석의 목을 내가 확실히 날려주지."

정민지의 입꼬리가 묘하게 올라갔다.

우드득⋯⋯.

그녀의 몸 안에서 뼈가 새로이 맞춰지는 소리가 들렸다. 육체의 뼈가 새로이 맞춰지는 소리와 함께 단단한 비늘이 전신을 뒤덮었다.

천천히 고개를 돌리며 정민지는 붉은 안광으로 무열을 바라보며 말했다.

"당신, 여자를 이렇게 굴리다니. 연애하긴 글렀어."

"홋……."

무열은 그녀의 피식 웃고 말았다.

파앗-!!

정민지는 날카로운 발톱을 세우며 나르 디 마우그를 향해 뛰어들었다. 아마 그녀가 할 수 있는 마지막 공격일 것이다. 그렇기에 그는 이 공격을 성공시켜야 할 의무가 있다.

콰아아앙……!!!

나르 디 마우그와 정민지가 맞붙었다. 육체의 한계를 뛰어넘은 힘과 스피드로 그녀는 마우그의 온몸을 있는 힘껏 두들겼다.

[이런 공격이 내게 통할 거라고 생각했나. 네가 가진 힘이 누구의 것인지 모르느냐!!]

"크아아!!"

그의 목소리가 들리지 않는다는 듯 정민지는 있는 힘껏 나르 디 마우그의 비늘 하나를 잡아당겼다.

쩌적…… 쩌저적…….

들썩이는 비늘 조각. 하지만 단단히 박혀 있는 비늘은 고작 한 개임에도 불구하고 떨어질 생각을 하지 않았다.

[가소로운……!!]

나르 디 마우그는 정민지를 향해 팔을 들어 올렸다.

쾅……!!

그때였다.

정민지를 덮치려는 용의 발톱을 막은 것은 다름 아닌 무열이었다.

"최선을 다하라고 했지 목숨까지 내놓으라고 하진 않았는데."

"닥쳐."

정민지는 반쯤 부러뜨린 비늘 조각을 들고서 주저앉아 있었다. 자신의 힘을 주체하지 못하고 뒤로 자빠진 것이다.

나르 디 마우그의 공격을 보면서도 그녀는 피하지 않았다. 오히려 작은 이 생채기를 위해 보란 듯이 위험마저 받아들였다.

"아슬아슬했어."

무열은 나르 디 마우그의 팔을 튕겨냈다.

"확실히 내 힘으로는 부족한 것 같군."

검의 여행자의 날은 이미 상할 대로 상해서 더 이상 검으로써의 역할을 하지 못했다. 만약 다음 공격까지 부딪쳤다면 분명 부러지고 말았을 것이다.

"하지만 네 힘이라면 어떨까."

[크르르르……!!]

무열은 비늘 안쪽에 맺힌 핏방울을 바라보며 나지막하게 말했다.

"이 검이 네 파편으로 만든 거라고 했지?"

그는 천천히 입꼬리를 올렸다.

"그럼…… 파편이 아니라 네 심장으로 만들면 과연 어떤 무기가 나올까."

[창조력(創造力)이 발현됩니다.]

순간, 무열의 시야가 마치 고양이의 것처럼 황금빛을 띠며 변했다.

순식간에 시야는 투시경처럼 눈앞에 비늘로 감싸져 있는 용의 육체를 꿰뚫고 쿵쾅거리며 뛰고 있는 심장을 발견했다.

[……?!]

나르 디 마우그는 믿을 수 없다는 듯 커다란 눈을 뜨며 무열을 바라봤다.

창조 마법(創造魔法).

이 세계에 존재하지 않는 마법 체계.

오직 백금룡만이 사용할 수 있다고 알려진 이 힘은 세계의 균형을 어긋나게 만들 수 있다.

무열이 처음 이 힘을 사용했던 것은 정령계와 세븐 쓰론을 연결하는 차원 문을 만드는 것이었다.

차원의 이동은 오직 신만이 할 수 있는 것.

하지만 신에 버금가는 나르 디 마우그만은 균형을 불균형으로 만들게 하는 마법을 할 수 있었다.

[마…… 말도 안 돼!!]

그 힘이 어떤 것인지를 알고 있는 당사자였기에 경악을 금치 못했다.

자신이 드래곤으로서의 육체마저 포기하고 억겁의 시간을 살아오면서 발견한 힘. 그 힘마저 스킬(Skill)이 되어 있었으니 말이다.

쿵…… 쿵…… 쿵…….

무열은 투시되는 나르 디 마우그의 심장을 향해 손을 뻗었다.

꽈아악———!!!

날뛰고 있는 심장을 움켜쥐자 마치 살아 있는 생선을 잡은 것처럼 요동쳤다. 무열은 그 붉은 심장을 향해 있는 힘껏 검을 찔러 넣었다.

정민지가 만든 빈틈 속으로.

검은 미끄러지듯 단단한 비늘을 뚫고 심장을 향해 쏘아졌다.

[크아아아아아아아……!!!]

그 순간, 사원 전체를 뒤흔드는 거대한 용의 비명이 섬 전체를 울렸다.

to be continued